Kristin Wardetzky & Dirk Nowakowski (Hrsg.)

Kinder schaffen das

agenda

Kristin Wardetzky & Dirk Nowakowski (Hrsg.)

Kinder schaffen das

Märchen von mutigen und klugen Mädchen und Jungen aus aller Welt

agenda Verlag
Münster
2021

Die Veröffentlichung dieses Buches wurde gefördert durch:

Märchen-Stiftung Walter Kahn

MÄRCHEN-STIFTUNG
WALTER KAHN

Erzählkunst e.V.

Erzähl kunst e.V.
Der Verein zur Förderung
des freien mündlichen Erzählens

Bibliografische Information der Deutschen Nationalbibliothek
Die Deutsche Nationalbibliothek verzeichnet diese Publikation in der deutschen Nationalbibliografie; detaillierte bibliografische Daten sind im Internet unter http://dnb.dnb.de abrufbar.

Drubbel 4, D-48143 Münster
Tel. +49-(0)251/79 96 10
info@agenda.de | www.agenda.de

Illustrationen und Umschlaggestaltung: Dirk Nowakowski
Druck und Bindung: TOTEM, Inowroclaw, Polen

ISBN 978-3-89688-733-7

Die Märchen sind wahr. In der Phantasie.
(Mädchen, 9 Jahre)

Er (der Erzähler) spricht in langen Sätzen in einer wiegend schönen Melodie, ohne seine Hände zu bewegen, mit der Stimme allein schafft er es, dass man nicht anderswo hinschauen mag. Das alles sei wahr, sagt er, sogar das Erfundene sei wahr.
(Daniel Kehlmann, in: Tyll)

Inhalt

Vorwort

Den Anstoß zu der vorliegenden Sammlung gab der Auftritt der 16-jährigen Greta Thunberg, als sie während des UN-Klimagipfels am 23. September 2019 den Größen der Weltpolitik mit ihrem ‚How dare you!‘ die Stirn bot.

Gretas Haltung ruft die Erinnerung wach an eine sehr alte Geschichte: David, der jüngste von acht Söhnen des Isai, ein Kind, hatte die Schafe des Vaters vor Löwen und Bären gerettet. Nun tritt er, ohne Helm und Rüstung, nur mit einem Stab, einer Schleuder und fünf glatten Steinen bewaffnet, einem Riesen entgegen: Goliath aus dem Heer der Philister. Vor Goliath hatten die Männer aus Israel in panischem Schrecken die Flucht ergriffen. Der Riese sieht David und verhöhnt ihn: „Bin ich denn ein Hund, dass du mit Stecken zu mir kommst? Komm her zu mir, ich will dein Fleisch den Vögeln unter dem Himmel geben und den Tieren auf dem Feld.“ Mit einem winzigen Stein, der die Stirn des Riesen durchbohrt, gelingt es David, das Ungeheuer zu töten. Die Philister fliehen, das Land ist gerettet.

Diese biblische Geschichte aus dem ersten Buch Samuel liest sich wie die Blaupause zu den Märchen der vorliegenden Sammlung. In ihnen setzen sich Kinder oder Heranwachsende erfolgreich gegen tyrannische Herrscher, Ungeheuer oder Wettergötter zur Wehr und wenden damit das Schicksal, während die Erwachsenen entweder verängstigt oder korrumpiert oder versteinert oder tot sind.

In einem Großteil der Volksmärchen aus aller Welt sind Kinder eingebunden in Familienkonstellationen, aus denen sie sich in konflikthaften Selbstbehauptungsaktionen lösen und am Ende – als junge Erwachsene - mit einer Partnerin, einem Partner zu neuer Gemeinsamkeit finden. Von diesem Grundmuster weichen die Märchen der vorliegenden Sammlung ab und kommen dem David-und Goliath-Paradigma nahe.

Ein Teil dieser Geschichten, die aus internationalen Sammlungen stammen, könnte man – mit aller Vorsicht – als „gesunkene Mythen“ (Franz Fühmann) bezeichnen. Die Hauptfiguren verfügen mitunter über herkulische Kräfte, und das Motiv ihres Handelns ist – wie bei David - der altruistische Einsatz für eine bedrohte Gemeinschaft. Andere wiederum kämpfen selbstlos für Ausgestoßene oder setzten sich für Menschen ein, die in scheinbar unauflösbare Nöte geratenen sind.

Diesen jungen Helden und Heldinnen geht es oftmals an den Kragen, und sie müssen ihr nacktes Leben retten. Das Zentralmotiv ihres Handelns ist nicht das Streben nach Thron, Reichtum, Anerkennung oder

Partnerschaft. Sie kämpfen für die Überwindung von Gewalt, Armut und Hunger. Sie stehen ein für die Gemeinschaft oder für die Rettung der Natur, die von Flut oder Dürre bedroht ist.

Im Unterschied zu einem Großteil der bekannten Märchen spielen in den hier versammelten Geschichten problematische Eltern-Kind-Beziehungen keine Rolle. In einigen Geschichten werden weise Elternfiguren vielmehr zu schicksalswendenden Ratgebern. Nur das Wissen der Mutter oder des alten Vaters hilft den Kindern, den richtigen Weg zu finden oder einem Desaster zu entkommen.

In einigen Geschichten werden die Mädchen oder Jungen unfreiwillig in ein lebensbedrohliches Dilemma verwickelt, aus dem sie sich durch Mut und Erfindungsgabe heraushelfen. Am Ende dieser Geschichten wird dann auch geheiratet oder auch der Thron bestiegen - und damit unverbrüchliches Glück besiegelt.

In anderen Geschichten wiederum nehmen die kindlichen Akteure den ‚Kampf' mit einem Menschenfresser oder selbstgefälligen Herrschern auf und bezwingen diese mit spielerischer Unbekümmertheit. Mit Klugheit und Witz stülpen sie die scheinbar naturgegebene Ordnung von Stark und Schwach, Oben und Unten um. Die Nähe dieser Kindfiguren zu den großen Schelmen der Weltliteratur ist unverkennbar.

Am Ende ist ihr Glück das Glück aller – oder umgekehrt: das Glück aller ist auch ihr Glück. Diese Figuren gehören - wie die meisten Protagonisten der hier vorliegenden Sammlung – zu den Armen und Entrechteten. In ihrem Sieg steckt die Verlebendigung des rebellischen Potentials des Volksmärchens aus aller Welt.

Beim Lesen dieser Geschichten vergisst man ihr Alter. Ihre Aktualität sprengt Ländergrenzen und zeigt, welch ein Potenzial an Hoffnung und weltverändernder Kraft in Kindern steckt.

Die Sammlung wendet sich an alle, die Märchen lieben und sich gern von ihnen inspirieren lassen – also an Erwachsene und Kinder gleichermaßen. In der Familie, der Schule, der Bibliothek, an der See, in den Bergen, auf der grünen Wiese … - wo auch immer können diese Geschichten vorgelesen, gelesen oder frei erzählt werden und unserer Phantasie starke Flügel verleihen.

Kristin Wardetzky

Der Vogel des Glücks

Vor langer, langer Zeit war Tibet ein ödes und armes Land. Es war kalt, es gab keine Bäume, keine Sträucher, keine Blumen, es flossen keine Flüsse, und nirgendwo war fruchtbarer Boden, sodass die Leute kaum etwas säen oder pflanzen konnten. Sie litten Hunger, sie froren und wussten nicht, was es bedeutet, glücklich zu sein. Trotz allem aber glaubten sie daran, dass es irgendwo auf der Welt auch Glück geben müsste.

Lange schon erzählten sich die alten Leute, dass das Glück ein schöner Vogel sei, der weit im Osten in den Schneebergen lebt. Wohin der Vogel auch fliege, das Glück sei in seinem Gefolge. Immer wieder zog einer von ihnen aus, um diesen Vogel zu suchen, aber keiner von ihnen kehrte jemals wieder zurück.

Man erzählte, der Vogel des Glücks werde von drei alten Ungeheuern bewacht. Jeden, der ihnen begegnete, hauchen sie an und töten ihn mit ihrem Atem.

Eines Tages nun schickten die armen Leute eines Dorfes einen besonders klugen Jungen aus, den Vogel des Glücks zu suchen. Wangjia, so hieß der Junge, wurde bei seiner Abreise von den Mädchen des Dorfes mit Gerstenschnaps verabschiedet, und die Frauen streuten Gerstenkörner auf sein Haupt und wünschten ihm eine gute Reise.

Wangjia zog frohen Mutes durch das Land und wanderte viele Tage, bis er schließlich in der Ferne einen großen Schneeberg sah, der in der Sonne glitzerte, als ob Silber auf ihm läge. Da aber trat ihm auch schon ein altes Ungeheuer entgegen, schrecklich anzusehen, mit einem schwarzen Bart am Kinn. „Wer kommt denn da?“, krächzte das Ungeheuer wie eine riesige Krähe, „wer wagt es, hierher zu kommen? Was suchst du hier?“ Der Junge ließ sich nicht einschüchtern und gab mit freundlicher Stimme zur Antwort: „Mein Name ist Wangjia, ich bin gekommen, um den Vogel des Glücks zu suchen!“ „Ha, ha“, lachte das Ungeheuer, „wie kann es ein so kleiner Knirps wie du überhaupt wagen, bis hierher zu kommen?“ Das Ungeheuer schüttelte seinen zottigen Kopf und sagte weiter: „Wenn du den Vogel des Glücks finden willst, dann musst du zuerst die Mutter von Luosang töten. Wenn du das nicht tust, wirst du bestraft. Ich selbst aber will dich kleinen Kerl am Leben lassen. Wenn du wirklich gehen willst, dann musst du über Geröllhalden laufen, neunhundert Meilen weit. Hast du das geschafft, dann sind deine Kräfte am Ende.“

Da antwortete Wangjia: „Ich liebe meine eigene Mutter sehr, niemals werde ich die Mutter eines anderen töten. Tue, was du willst!“ Da geriet das Ungeheuer in Wut und blies seinen schwefeligen Atem dem Jungen ins Gesicht. Als das Monster dann noch mit einem Auge zwinkerte, verwandelte sich der glatte Weg in eine Geröllhalde mit Steinen, die so scharf und so spitz waren wie Messer und Nadeln.

Wangjia wanderte aber weiter. Nach hundert Meilen waren seine Schuhsohlen schon ganz durchgelaufen, nach weiteren hundert Meilen waren seine Füße blutig und zerschnitten, und nach dreihundert Meilen waren auch seine Hände völlig zerschunden.

Wangjia konnte kaum mehr weiter. Schon dachte er daran umzukehren, aber er gab sich einen Ruck und zog weiter. Er wusste, die Leute zu Hause setzten große Hoffnung in ihn und erwarteten, dass er den Vogel des Glücks nach Hause bringt. Wangjia legte sich auf die Erde und begann vorwärts zu kriechen. Bald waren auch seine Kleider zerrissen und seine Knie eine einzige Wunde.

Schließlich aber hörte die Geröllhalde auf, und da sah er auch schon das zweite Ungeheuer, das einen braunen Bart hatte und dessen Stimme sich wie der heulende Nordwind anhörte. „Wenn du den Vogel des Glücks finden willst, dann musst du zuerst den alten Silang vergiften. Tust du es nicht, so lasse ich dich verhungern!“

Wangjia schaute dem Ungeheuer seelenruhig ins Gesicht und sagte: „Ich liebe meinen eigenen Großvater sehr und werde nie den Großvater eines anderen töten. Du kannst schreien, soviel du willst, ich tue dies nicht!“ Daraufhin blies das Ungeheuer seinen feurigen Atem in Wangjias Gesicht, und sein Beutel mit den letzten Brotresten wurde vom Wind hinweg getragen. Vor seinen Augen verwandelten sich plötzlich die blauen Berge und die grünen Flüsse in eine kahle, endlose Wüste, in der auch kein einziger Bissen mehr zu finden war. Wangjia brach erneut auf, zu einem Marsch ins Ungewisse.

Nach den ersten hundert Meilen begann sein Magen vor Hunger zu knurren, nach zweihundert Meilen verschwamm ihm alles vor den Augen, und er sah Sterne tanzen. Nachdem er dreihundert Meilen zurückgelegt hatte, war er so hungrig, dass ein stechender Schmerz in seinen Magen fuhr, und er meinte, seine Eingeweide würden mit Messern zerschnitten.

Jeder, der einmal gehungert hat, kennt solche Schmerzen. Als Wangjia an einen Fluss kam, trank er eine große Menge kalten Wassers und zog weiter. Inzwischen aber schwanden seine letzten Kräfte. Er bestand nur noch aus Haut und Knochen.

Da trat ihm das dritte alte Ungeheuer in den Weg. „Welch ein waghalsiger Tor wagt sich hierher?“, donnerte das Ungeheuer. „Mein Name ist Wangjia, ich suche den Vogel des Glücks!“ „Wenn du den sehen willst, dann musst du mir zuerst die Augäpfel der schönen Baima bringen. Kannst du dies nicht, so werde ich deine Augen aus ihren Höhlen reißen!“ Wangjia war entsetzt und sagte: „Niemals, niemals werde ich die Augen eines schönen Mädchens verwunden oder zerstören. Du bist wohl von Sinnen!“ Das alte Monster schäumte vor Wut. Mit aufgeblasenen Backen hauchte das Ungeheuer den Jungen an und blies ihm die Augäpfel aus ihren Höhlen, sodass er blind wurde.

Dies wird wohl die letzte Prüfung gewesen sein, dachte Wangjia und tastete sich weiter, ohne das Geringste sehen zu können. Er hatte sich aber die Richtung gemerkt, die Richtung des Sonnenaufgangs, und so stolperte er vorwärts. Halb mit seinen Händen tastend, halb auf dem Boden kriechend, schaffte er weitere neunhundert Meilen. Endlich kam er an den Fuß eines Berges, von dem angenehm kühle Lüfte wehten.

Und da hörte er die wunderbare, süße Stimme eines Vogels. Er war am Ziel, es war der Vogel des Glücks! „Mein liebes Kind, sei willkommen. Du hast den langen Weg zu mir geschafft!“ Überwältigt von Freude rief Wangjia aus: „Ja, ich habe es geschafft. Nur dich wollte ich sehen! Meine Lieben zu Hause möchten dich wenigstens einmal begrüßen, sie warten darauf Tag und Nacht. Ich bitte dich, komm mit mir!“ Der Vogel des Glücks liebkoste die Wangen des Jungen mit seinen Schwingen und begann zu singen. Da kamen die Augäpfel Wangjias geflogen und setzten sich wieder in seine Augenhöhlen, und er sah besser als er jemals zuvor gesehen hatte. Alle seine Wunden waren plötzlich geheilt, und er fühlte sich gesund, munter und stärker als je zuvor.

Der Vogel des Glücks brachte Wangjia Fleisch, Früchte und Kuchen, hieß ihn, auf seinen Rücken zu steigen und flog mit ihm durch die Lüfte zum Dorfe Wangjias. Bald landeten sie auf der Spitze eines Hügels am Eingang des Dorfes. „Was ist wohl dein sehnlichster Wunsch?“ fragte der Vogel des Glücks. „Was wir alle seit langem ersehnen“, sagte Wangjia, „das sind Wärme und Geborgenheit, Wälder und Felder, Flüsse und Seen, Gräser und Blumen!“

Da schaute der Zaubervogel vom Hügel aus ins Land und stieß mit lauter und kraftvoller Stimme drei Rufe aus. Beim ersten Ruf brach die Sonne golden und strahlend durch die Wolken hervor und schickte ihre wärmenden Strahlen ins Land. Beim zweiten bedeckten sich die Berge mit Wäldern. Man sah plötzlich Hirsche und andere wilde Tiere, und singend stiegen Lerchen in die sonnigen Lüfte. Beim dritten Ruf überzog sich das Land mit saftigen Weiden, durchströmt von klaren Flüssen, und man sah weiße Kaninchen fröhlich im Grase miteinander spielen.

Seit dieser Zeit sind die Leute glücklich, und nie mehr brauchen sie so große Not zu leiden wie in früheren Zeiten.

(Märchen aus Tibet)

Das Mädchen und der Herr der Winde

Es lebte einmal ein Mann mit seiner Tochter in den Weiten der sibirischen Tundra. Der Mann und die Tochter waren sehr arm. Ihr Filzzelt hatte mehr Löcher als Filz. Sie besaßen keine warmen Kleider, und im Winter, wenn es sehr kalt war, saßen sie am Feuer und wärmten sich. Nachts machten sie das Feuer aus und legten sich schlafen. Dann froren sie bis zum Morgen.

Einmal, mitten im Winter, brach in der Tundra ein furchtbarer Schneesturm los. Er blies einen Tag, zwei Tage, drei Tage, und es sah so aus, als wollte er das löchrige Filzzelt forttragen. Niemand konnte hinausgehen, und so saßen der alte Mann und seine Tochter hungernd im Zelt und horchten, wie der Sturm heulte.

Der Alte sprach: „Der Sturm wird nie aufhören. Kotura, der Herr der Winde, hat ihn geschickt. Sicher zürnt er uns. Geh zu ihm, meine liebe Tochter, sonst muss unser ganzes Volk dran glauben. Geh hin und bitte ihn recht innig, mit dem Toben aufzuhören." „Wie soll ich zu ihm gehen?", sagte das Mädchen, „ich kenne den Weg nicht." „Ich gebe dir einen Schlitten. Schiebe ihn gegen den Wind. Der Sturm wird dir an den Kleidern die Bänder lösen. Achte nicht darauf und binde sie nicht wieder zu. Der Schnee wird dir in die Stiefel dringen. Schüttle ihn nicht heraus, gehe weiter. Auf deinem Weg wirst du an einen hohen Berg kommen. Steig hinauf. Dort darfst du stehenbleiben, den Schnee aus den Stiefeln schütteln und die Bänder an deinen Kleidern wieder zubinden. Auf dem Berg wird ein kleines Vöglein zu dir fliegen. Scheuche es nicht fort. Sei gut und lieb zu ihm. Setzte dich dann auf den Schlitten und fahre hinab. So wirst du geradewegs zum Eingang von Konturas Filzzelt kommen. Tritt ein, doch rühre nichts an, sitz ruhig da. Und wenn Kotura kommt, tu alles, was er dir befiehlt."

Die Tochter kleidete sich an, nahm den Schlitten und begann, ihn gegen den Wind zu schieben. Der Sturm tobte und brüllte und blies ihr Schnee in die Augen. Sie sah nichts und konnte sich kaum auf den Füßen halten.

Sie war noch nicht lange gegangen, da lösten sich die Bänder an ihren Kleidern, und sie fror sehr. Sie dachte an die Worte ihres Vaters und band die Bändchen nicht zu. Sie schüttelte den Schnee nicht aus den Stiefeln. Mühsam ist es, sich gegen den Wind zu stemmen, doch sie blieb nicht stehen. Als sie den Berg sah, stieg sie auf ihn hinauf. Dort oben kam plötzlich ein kleiner Vogel und setzte sich auf ihre Schulter. Sie streichelte ihn zärtlich, und der Vogel flog weg. Das Mädchen setzte sich auf den Schlitten und rodelte bergab, geradewegs auf Koturas Filzzelt zu. Sie trat ein und wartete geduldig.

Auf einmal wurde der Vorhang am Eingang zur Seite geschoben, und herein trat der Riese Kotura. Er sah das Mädchen und fragte: „Was willst du hier?“ „Mich schickt mein Vater. Er bittet dich sehr, du sollst den Schneesturm aufhören lassen. Sonst sterben alle Menschen in unserer Siedlung.“ „Dann schüre das Feuer und koche das Fleisch. Ich bin hungrig!“

Das Mädchen kochte das Fleisch, nahm es aus dem Kessel und gab es Kotura zu essen. Er aß und trug ihr auf, die andere Hälfte in das Zelt nebenan zu tragen. Das Mädchen nahm die Schüssel mit dem Fleisch und ging hinaus. Der Sturm tobte, und der Schnee wirbelte immer wilder. Sie sah nichts. Wo sollte sie hingehen? Wie sollte sie in dem Schneetreiben das fremde Zelt finden? Sie lief los. Wohin sie ging, wusste sie selber nicht.

Auf einmal sah sie den kleinen Vogel, den sie auf dem Berg gestreichelt hatte. Er flog ganz dicht neben ihrem Gesicht und wies ihr den Weg. Da sah sie abseits im wirbelnden Schnee etwas funkeln. Sie freute sich, weil sie glaubte, endlich das gesuchte Zelt gefunden zu haben. Doch es war nicht das Zelt, es war nur ein Erdhügel, aus dem Rauch aufstieg. Das Mädchen ging um den Hügel herum, dann scharrte sie mit dem linken Fuß, und da öffnete sich eine Tür. Eine alte, weißhaarige Frau schaute heraus. Die fragte: „Wer bist du? Was willst du hier?“ „Großmütterchen, ich bringe Euch Fleisch von Kotura!“ „Von Kotura? Nun gut, gib her! Aber komm nicht herein! Warte draußen!“ Das Mädchen stand vor dem Erdhügel und wartete lange. Endlich zeigte sich die Alte und gab ihr die Schüssel wieder. Das Mädchen machte sich auf den Rückweg.

„Du bist ja lange fortgeblieben“, sagte Kotura. „Hast du das Zelt gefunden?“ „Ja.“ „Und hast du das Fleisch abgegeben?“ „Freilich!“ „Gib die Schüssel her, will sehen, was darin liegt.“ Kotura schaute in die Schüssel, darin aber lagen Messer, ein Schaber, lange Nähnadeln und Werkzeug, um Felle weich zu walken. Da lachte Kotura: „Man hat dir viel nützliches Gerät gegeben. Das wird dir helfen, die Arbeiten zu verrichten, die ich dir auftragen werde.“

Am Morgen brachte Kotura rohe Rentierhäute und befahl dem Mädchen, ihm bis zum Abend aus den Häuten ein neues Gewand, Fäustlinge und Fellstiefel zu nähen. Und er ging fort.

Das Mädchen aber machte sich an die Arbeit. Ja, da kamen ihr wirklich die Werkzeuge der Alten zustatten! Doch wie viel kann man an einem einzigen Tag schaffen? Das Mädchen dachte darüber nicht lange nach, sondern rührte lieber fleißig die Hände: Sie walkte und schabte die Felle, schnitt sie mit dem Messer zurecht und nähte emsig.

Plötzlich ging der Fellvorhang am Eingang auf und herein kam die alte, weißhaarige Frau, der sie das Fleisch gegeben hatte. „Hilf mir, liebes Mädchen, entferne mir das Stäubchen, das mir ins Auge geflogen ist. Ich komme selber nicht damit zurecht." Das Mädchen sagte nicht Nein. Sie legte die Arbeit zur Seite und half der Alten. „Gut", sagte diese, „jetzt tut es nicht mehr weh. Schau in mein rechtes Ohr." Das Mädchen blickte in ihr rechtes Ohr und erschrak. „Was hast Du da gesehen?" fragte die Alte. „Ein Mädchen sitzt in deinem Ohr." „Warum rufst du sie nicht? Tue es, sie wird dir das Gewand für Kotura nähen helfen."

Erfreut rief die Tochter des alten Mannes das Mädchen. Doch sie kam nicht allein – gleich vier junge Mädchen sprangen aus dem Ohr und begannen eifrig zu walken, zu schaben, zu schneidern und zu nähen. Schnell war die Kleidung fertig. Da tat die Alte die Mädchen wieder in ihr Ohr und ging fort.

Abends kam Kotura von der Jagd und fragte: „Hast du alles gemacht?" „Ja." „Gib her, wollen mal sehen, ob alles passt." Kotura nahm das Gewand und befühlte die Felle. Sie waren weich und schmiegsam. Er zog alles an – es war weder zu kurz noch zu lang, nicht zu eng und nicht zu weit, war fest genäht und hatte ein schmuckes Aussehen. Da lächelte Kotura und sprach: „Du bist ein tapferes Mädchen. Um dein Volk zu retten, schrecktest du vor dem furchtbaren Schneesturm nicht zurück."

Und als er diese Worte gesprochen hatte, schwieg auf einmal der Sturm. Das Mädchen nahm seinen Schlitten und kehrte nach Hause zurück. Der Vater umarmte sie und weinte Freudentränen. Die Menschen kamen aus ihren Zelten, dankten dem Mädchen und feierten gemeinsam ein großes Fest. Dann nähten sie für das Mädchen und den Vater zwei dicke, warme Mäntel und errichteten für sie ein neues Filzzelt.

Wenn ihr heute in die Tundra kommt, könnt ihr es vielleicht finden!

(Märchen aus Russland)

Das Mädchen Tokoyo

Weit draußen vor der Küste Japans liegen die Oki-Inseln, umbraust von Wellen und heimgesucht von zerstörenden Winden. Dorthin hatte der Kaiser einen seiner Krieger, einen tapferen Samurai, verbannt. Die Höflinge am Kaiserhof, die Minister und die vielen Samurai zitterten, als sie dieses Urteil vernahmen. Sie alle fürchteten den Kaiser, denn er war unberechenbar. Aus einer bloßen Laune heraus konnte er einen seiner Untergebenen verbannen oder gar das Schwert zücken und ihn köpfen.

Niemand wusste, warum er den Samurai verbannt hatte. Unter schwerer Bewachung wurde er auf eine der Inseln gebracht und dort ausgesetzt. Kein Dach schützte ihn vor dem Regen, keine Felshöhle vor dem Sturm. Die Früchte der Bäume waren seine karge Kost.

Der Samurai hatte eine Tochter, Tokoyo mit Namen. Sie war so schön wie eine Chrysantheme und stark wie das Schwert, das der Vater stets bei sich getragen hatte. Sie liebte ihren Vater über alles und als sie sah, wie die Krieger ihn packten und vor sich hertrieben, entschloss sie sich, ihrem Vater zu folgen. Sie machte sich auf und lief Tage, Wochen, Monate an der Küste entlang, bis sie in die Provinz Hoki im Norden des Landes gelangte. Dort konnte sie in der Gischt des Meeres die Insel erkennen, auf die ihr Vater verbannt war. Sie bat die Fischer und die Schiffer, sie zu dieser Insel zu bringen, aber alle schlossen die Augen und wandten sich von ihr ab. Sie wussten, dass auf dieser Insel ein grausamer Drache hauste.

Tokoyo wartete die Nacht ab und setzte sich in ein kleines Fischerboot. Sie löste die Stricke und ruderte im Mondlicht auf die Insel zu. Der Mond verschwand am Horizont, die Sonne ging auf, und sie ruderte und ruderte. Erst am folgenden Tag hatte sie die Insel erreicht. Erschöpft und müde zog sie das Boot ans Land. Sie sah sich um und erblickte einen Pfad, der hinauf zu den Klippen führte. Sie sank entkräftet zu Boden und schlief ein.

Am nächsten Morgen wurde sie von einem leisen Weinen geweckt. Niemand war zu sehen. Sie sprang auf und lief den steilen Pfad hinauf. Oben, auf einer der großen Klippen, sah sie ein Mädchen, verhüllt in weiße Gewänder. Neben ihr knieten eine alte Frau und ein alter Mann, die Eltern des Mädchens. Das Mädchen hielt beide Hände vor ihr Gesicht und die Tränen rannen wie Bäche über ihre Wangen. Die Eltern fielen in das Schluchzen ein, das kaum vom Tosen des Sturmes übertönt werden konnte. Hinter ihnen stand ein Priester. Tokoyo fragte: „Warum seid ihr so traurig?“ Der Priester antwortete: „Jedes Jahr muss dem Meeresdrachen eine Jungfrau geopfert werden, damit er die Insel nicht mit einem gewaltigen Orkan zerstört.“

Tokoyo überlegte nicht lange. „Ich werde mit dir tauschen!“, sagte sie zu dem Mädchen. Ohne auf eine Antwort zu warten, zog sie den weißen Kimono der Jungfrau an, klemmte sich einen Dolch zwischen die Zähne und sprang in die brausenden Wellen. Sie stürzte in die grüne Tiefe. Sie konnte gut schwimmen und tauchen, hatte sie es doch von den Perlenfischerinnen in ihrer Heimat gelernt.

Sie tauchte bis zum Grund des Meeres. Dort fand sie den Eingang zu einer Höhle. Neben dem Eingang stand eine hölzerne Statue. Sie tastete das Standbild ab und erkannte: Es war das Ebenbild des Kaisers, der ihren Vater verbannt hatte.

Plötzlich aber schoss aus der Höhle ein riesiger Drache hervor, mit Klauen wie Dolche und leuchtenden Schuppen. Er kroch auf Tokoyo zu. Seine Augen blitzen und sein Schwanz schlug auf die Felsen, dass sie erzitterten. Tokoyo fürchtete sich nicht, sie packte den Dolch und hieb auf das Untier ein. Sie traf ein Auge des Drachen. Das Ungeheuer fauchte und brüllte vor Schmerz, Tokoyo aber stieß mit ihrem Dolch in das andere Auge und blendete so den Drachen. Der bäumte sich auf. Er konnte seine Angreiferin nicht mehr sehen, schoss ganz aus der Höhle heraus, peitschte mit seinem Schwanz den Boden und tappte blind in alle Richtungen. Tokoyo stieß zwölfmal in den gepanzerten Leib des Drachen, bis er tot zu Boden stürzte. Tokoyo nahm das hölzerne Standbild des Kaisers und stieß sich vom Meeresboden ab. Mit kräftigen Zügen schwamm sie nach oben.

Als die Menschen das Mädchen auftauchen sahen, streckten sie ihr die Hände entgegen und zogen sie aufs Land. Tokoyo aber schaute sich um. Wo war ihr Vater? Gemeinsam mit dem Priester, dem Mädchen und ihren Eltern lief sie über die Insel. Tokoyos Herz wurde schwer und schwerer, doch da sah sie ihn unter einem Maulbeerbaum liegen. Mit leiser Stimme sprach sie ihn an: „Vater, ich bin es, deine Tochter!“ Der Greis öffnete langsam die Augen und flüstere: „Du?“ Da kniete sie sich neben ihn und strich mit ihren Fingern behutsam über seine Stirn. Währenddessen waren auch die anderen gekommen. Sie halfen dem Greis, sich aufzurichten und Vater und Tochter lagen sich lange in den Armen.

Tokoyo wurde mit ihrem Vater und ihrer Beute - dem Standbild - zum Herrscher der Insel gebracht. Als dieser hörte, was Tokoyo vollbracht hatte, bewunderte und lobte er die Tapferkeit des Mädchens. Dann sandte er einen Boten zum Kaiser, der von Tokoyos Heldentat berichtete und ihm das Standbild überreichte.

Vor vielen Jahren hatte ein gewaltiger Wirbelsturm das schwere Standbild wie die Frucht eines Gingkobaumes in die Luft geschleudert und vor der Insel Oki ins Meer versenkt. Noch am gleichen Tag befiel den Kaiser eine schwere Krankheit und seine Seele verdunkelte sich. Er wurde zu einem hartherzigen, gefürchteten Despoten.

Als er das Standbild nun wieder vor sich sah und in den Händen hielt, verschwand die Dunkelheit aus seinem Herzen, und sein Gesicht hellte sich auf. Er küsste das Standbild, und – welch ein Wunder - er war geheilt.

Voller Freude und Dankbarkeit ließ er Tokoyo und ihren Vater von der Dracheninsel holen und ehrte das Mädchen für ihren Mut. Er wusste: sie hatte nicht nur ihren Vater, sondern auch ihn gerettet.

Von dem Tag an regierte er voller Güte und Umsicht. Das Land gedieh und die Furcht floh aus den Herzen der Menschen, die sich nun jeden Tag aufs Neue über den Sonnenaufgang und über die Stille der Nacht freuten.

(Märchen aus Japan)

Tepozton, der Göttersohn

Die Mexikaner erzählen, dass die Götter über den Wolken leben, auf dem Gipfel eines hohen Berges, der in seinem Inneren Feuer birgt. Sie haben viel Arbeit. Sie müssen zur bestimmten Zeit den Regen fallen lassen, damit das Korn wächst und die Frucht reift. Sie nehmen große Scheren, wie sie der Mensch zur Schafschur benutzt und schneiden damit die Winde ab, damit kein Sturm daraus wird. Sie entdecken immer neue Dinge und versuchen, den Menschen viel Nützliches beizubringen. Sie lehrten die Mexikaner weben und Kleider nähen, Tische zimmern, Häuser bauen und Bergwerke schaffen. Aber wenn die Götter nichts zu tun haben, reiten sie in den Wolken umher oder verwandeln sich in Tiere, um zu sehen, wie Tiere sind und fühlen. Doch am liebsten spielen sie Ball. Sie haben sehr große Bälle und werfen sie von Berg zu Berg, über die höchsten Berge hinweg. Wenn sie müde sind, setzen sie sich auf die Berge und rauchen aus großen Pfeifen. Der Rauch steigt als Wolken auf.

Vor langer Zeit wurde ein Gott unruhig. Er war es müde, Ball zu spielen und auf den Wolken zu reiten. Er rauchte so viel, bis er Kopfweh bekam. „Was ist mit dir?“, fragten die anderen. „Willst du immer nur Ringe und Nebel in die Luft blasen?“ „Ich überlege“, sagte der Gott, „ich möchte einen Menschensohn haben.“ „Einen Menschensohn?“, riefen die Freunde, „hat man so etwas schon von einem Gott gehört? Er wird nur Unheil und Hindernis für uns sein.“ „Ich weiß“, sagte der Gott, „aber ich will doch auf die Welt hinuntergehen und dort einen Sohn haben.“ „Du wirst es bereuen“, sagten die anderen Götter.

Aber der junge Gott stieg voller Sehnsucht zur Erde nieder. Er verkleidete sich als Mensch und niemand bemerkte es. Jedermann sah nur einen jungen Mann in ihm.

Eines Tages stand er an einem Brunnen, um Wasser zu trinken. Da kam ein junges Mädchen und füllte ihm den Becher. Der Gott verliebte sich in sie und sie verliebte sich in ihn, und sie gingen miteinander weg. Nach einiger Zeit hatten sie einen Sohn und der Gott war sehr glücklich. Aber er konnte nicht auf Erden bleiben und mit seinem Sohn spielen. Er musste zurück in die Berge und Wolken, um auf das Wetter zu achten und auf die Ernte, damit die Leute auf Erden, und vor allem sein Sohn, nicht verhungerten. So sagte er dem Mädchen Lebewohl und ging von dannen. Aber auf der Stelle, wo er verschwunden war, sah das Mädchen einen glänzenden glatten Stein liegen. Er war nicht größer als eine kleine Pflanze. Sie nahm ihn auf, bohrte ein Loch hinein und hing ihn um den Hals des Knaben. Dann brachte sie ihren Sohn nach Hause. Doch ihre Eltern wurden sehr böse. Sie wollten den kleinen Sohn töten. „Wer ist sein Vater?“, fragten sie, „ein Sohn ohne Vater hat kein Recht zu leben und auch dich werden wir strafen.“ Das Mädchen sagte: „Schaut, wie schön er ist.“ Aber der Vater sagte: „Ob schön oder nicht schön. Er muss sterben. Bring ihn weg, damit sie dich nicht steinigen.“

Da lief das Mädchen mit dem vaterlosen Kind in die Felder. Und als es dunkel wurde, legte sie es sorgfältig in den Kelch einer großen Magueypflanze und lief weinend nach Hause. Der Vater und die Mutter waren froh. „Er wird vor Hunger und Kälte sterben“, sagten sie zufrieden.

Am nächsten Morgen schlüpfte das Mädchen heimlich weg. Sie wollte sehen, wie es ihrem Sohn erging. Die großen Blätter der Pflanze hatten sich über ihm geschlossen. Sie hielten ihn warm, und er schlief. Aus einem Blatt aber träufelte eine süße warme Flüssigkeit in den Mund des Knaben. Das Mädchen herzte und küsste und spielte mit ihm bis zum Abend. Dann legte sie ihn in einen Ameisenhügel und ging weinend nach Hause.

Aber am nächsten Morgen fand sie ihn wieder wir am Vortag, über und über mit rosa Blättchen bedeckt, und die Ameisen schleppten immer neue Blätter herbei, um ihn zu schützen. Und sie brachten Honig, den sie ihm in den Mund träufelten. Das Mädchen aber fürchtete, dass ihre Eltern das vaterlose Kind töten könnten. So legte sie es in eine Holzkiste, schloss sie fest zu und warf sie in den Fluss. Hier wurde sie von der Strömung fortgetragen und verschwand.

An der Flussmündung wohnten ein Fischer und seine Frau. Als der Fischer die Kiste sah, fischte er sie aus der Strömung und trug sie heim. Als er die Kiste öffnete, überkam beide große Freude. Sie hatten sich schon lange ein Kind gewünscht. Nun hatte der Himmel ihren Wunsch erfüllt und ihnen einen Knaben zugetragen. „Wie wollen wir ihn nennen?“, fragten sie. „Er hat einen Bergkiesel an seinem Hals. Nennen wir ihn Tepozton, den Bergknaben.“

Der kleine Tepozton wuchs heran. Er war froh und glücklich mit seinen Pflegeeltern. Als er sieben Jahre alt war, schnitzte sein Vater ihm einen kleinen Pfeil und Bogen. Da rief Tepozton: „Nun werde ich euch hinfort ernähren und du musst nicht mehr fischen gehen, Vater.“ Der Fischer lachte. „Was willst du mit dem kleinen Bogen heimbringen, mein Sohn?“ „Ich kann alles schießen“, sagte Tepozton. „Nun gut“, sagte der Fischer. „So schieße die Wachtel über uns.“ Der Knabe steckte seinen Pfeil auf und zielte. Die Wachtel stürzte herab. „Gut“, sagte der Fischer. „Nun schieße den wilden Truthahn.“ Und abermals legte der Knabe den Pfeil auf, schoss und der Truthahn fiel zur Erde.

Von da an sorgte Tepozton für die beiden Alten. Den ganzen Tag blieb er fort und weilte lange Stunden allein in den Bergen. „Was tust du den ganzen Tag allein in den Bergen?“, fragte seine Mutter ihn und sie ahnte, dass er kein gewöhnlicher Mensch war. „Ich habe auf vieles zu warten“, sagte der Knabe und da fragte sie ihn nicht mehr. Ihre Ahnung ward bald Gewissheit.

Es gab so viele wilde Tiere in den Wäldern, aber sie konnten Tepozton nicht schaden. Wenn er vor einem Wolf stand, so sagte er nur: „Geh aus meinem Weg, kleiner Bruder.“ Er selber blieb stehen und sah den Wolf so ruhig und fest an, dass dieser seinen flackernden Blick abwandte und in die Wälder trottete.

So war Tepozton auch nicht erschrocken, als er von dem riesigen Ungeheuer hörte, das jedes Jahr sein Opfer haben musste. Jedes Jahr im Frühling suchte es sich eine andere Stadt aus und die Familien in der Stadt suchten Jemanden oder bestimmten durch Los, wer sich töten und fressen lassen musste. Andernfalls verwüstete das Ungeheuer die Stadt und fraß alle Menschen. So war es abgemacht seit langen Zeiten.

Als Tepozton sieben Jahre alt war, traf das Los seinen Pflegevater und als die Soldaten kamen, die ihn holen wollten, da trat Tepozton vor und sagte: „Nehmt lieber mich, ich bin jung und schmecke ihm besser.“ Zu dem alten Fischer aber sagte er: „Seid ohne Sorge. Mir kann nichts geschehen.“ Er fachte in der Ecke der Hütte ein Feuer an und sagte: „Wenn der Rauch weiß ist, so bin ich in Sicherheit. Wird er grau, bin ich in Gefahr. Wird er aber schwarz, dann bin ich tot.“

Er küsste seine Pflegeeltern zum Abschied und ging mit den Soldaten fort. Als sie über die Landstraßen wanderten, hob er kleine Glassplitter auf und steckte sie in seine Tasche. Das Glas stammte von dem Vulkan, auf dem sein Vater bei den Göttern wohnte. Es war sehr scharf und herrlich glänzend. Die Mexikaner machen sich Pfeilspitzen daraus, um ihre Feinde zu töten.

Als sie in den Palast des Ungeheuers kamen, schrie dieses sie an: „Wollt ihr mich mit einem so lächerlichen Kostbissen befriedigen?“ „Es war alles, was wir diesmal erreichen konnten“, sagte ein Soldat ängstlich. Tepozton verbeugte sich. „Ich bin klein, aber schmackhaft.“ „Wenn du mir nicht schmeckst“, rief das Ungeheuer, „so fresse ich alles im Umkreis von drei Meilen.“ Also setzten die Soldaten Tepozton in einen großen Topf voll heißem Wasser und deckten den Deckel darauf. Tepozton gab keinen Laut von sich. Das Ungeheuer, ein großer Drache, legte sich indessen zu einem Schläfchen nieder und wartete darauf, dass das Essen gar wurde.

Als der Drache erwachte, hob er den Deckel vom Topf und sah nach, ob sein Essen gar sei, doch anstelle des kleinen Knaben glotzte ihn ein wutschnaubender Tiger an. Rasch machte er den Topf wieder zu und glaubte zu träumen. Er wartete abermals eine Weile. Da er aber immer hungriger wurde, hob er den Deckel zum zweiten Mal, und diesmal zischte eine große Schlange aus dem Topf hervor. „Ich muss noch immer träumen“, brummte er. „Es war doch ein kleiner Junge darin und er müsste längst gekocht sein. Ich will noch ein wenig warten.“ Er schlief wieder ein, und als er erwachte, war er so hungrig, dass er beschloss: „Was auch immer in dem Topf ist, ich werde es essen.“ Vorsichtig hob er den Deckel hoch. Da saß der kleine Junge rund und gesund und lachte ihn an. Der Drache war so hungrig, dass er nach ihm grapschte und ihn ungekocht in den Mund steckte.

Da wurde der Rauch in der Fischerhütte plötzlich grau, und die Fischersleute klagten und jammerten. „Hätten wir ihn doch nicht gehen lassen!“

Tepozton aber rutschte rasch die Kehle hinunter, sodass der Drache ihn nicht beißen konnte. Und als er im Magen war, nahm er ein Stück weißes Glas aus seiner Tasche. Er schnitt und schnitt, und nicht lange danach hatte er ein großes Loch in die Magenwand geschnitten. Das Ungeheuer hielt sich seinen Bauch. „Oh, hätte ich ihn doch nicht roh gegessen“, jaulte es. „Ich habe so schreckliche Magenschmerzen.“ Tepozton schnitt weiter. Er lachte und sang. „Oh, oh“, heulte das Ungeheuer. „Was bereitet mir dieser Knabe für Schmerzen!“

Schon war das Loch so groß, dass Tepozton das Tageslicht sah, und bald war die Öffnung so, dass er herausschlüpfen konnte. Das Ungeheuer schrie laut auf und fiel tot zu Boden. Der Rauch in der Fischerhütte wurde schneeweiß und die Fischersleute waren voll großer Freude, da sie den Knaben gerettet wussten.

Tepozton wurde zum König gekrönt und blieb im Palast des Ungeheuers leben. Er lehrte die Menschen viele nützliche Dinge. Wenn er Zeit hatte, ritt auch er auf den Wolken, spielte Ball mit den Göttern oder verwandelte sich in verschiedene Tiere, um sie zu verstehen. Aber am liebsten streifte er umher als armer Mann oder fremder Knabe und versuchte, den Menschen zu helfen und beizustehen, wenn sie in Not waren.

Einige erzählen, er lebe längst für immer in den Bergen über den Wolken, andere sagen, er sei noch auf Erden. Niemand kann es bestimmt sagen.

(Märchen aus Mexiko)

Der Junge, der Katzen malte

Es war einmal ein Bauer, der hatte zehn Söhne. Das Leben war hart, sie mussten schwer arbeiten, um zu überleben. Die älteren neun Söhne halfen dem Vater bei der Arbeit, der jüngste aber war anders, schon von Geburt an. Er war klein und zierlich und taugte nicht für die schwere Arbeit auf dem Feld. Aber er war klug. Schließlich brachte ihn der Vater zu dem alten Priester des Dorfes. Damit hatte er einen unnützen Esser vom Hals und der Junge konnte den Priester bedienen, bei ihm etwas lernen und vielleicht später einmal selber Priester werden.

Der Priester nahm den Jungen freundlich auf und brachte ihm bei, mit Pinsel und Tusche zu schreiben und zu malen. Der Junge bediente den alten Priester, putzte und fegte, aber in jeder freien Minute saß er mit Pinsel und Tusche da und malte Katzen. Ja, er malte immer nur Katzen, überall hin, wo gerade Platz war. Sogar auf die Wände und die Säulen des Tempels und die Ränder der heiligen Schriften malte er seine Katzen!

Eines Tages nahm ihn der Priester seufzend beiseite und sagte: „Junge, ich kann dich nicht länger hierbehalten. Es geht einfach nicht, du mit deinen unzähligen Katzen. Du wirst wohl nie ein Priester werden. Aber vielleicht wirst du eines Tages ein berühmter Maler."

Der Junge war traurig, aber er verneigte sich und bat nur darum, Pinsel und Tusche mitnehmen zu dürfen. Damit war der Priester einverstanden. Zum Abschied sagte er dem Jungen noch: „Einen Ratschlag will ich dir noch mitgeben: Übernachte nie unter einem großen Dach. Suche dir zum Schlafen immer ein kleines Dach." Der Junge verstand den Sinn dieses Ratschlages zwar nicht, aber er nickte, und dann machte er sich auf seinen Weg. Nach Hause zurückkehren konnte er nicht und so wanderte er viele Tage lang, bis er endlich eines Abends auf einem Hügel oberhalb eines Dorfes einen großen Tempel erblickte. ‚Dort sind bestimmt viele Priester', dachte der Junge, ‚vielleicht kann ich dort bleiben und ihnen als Gehilfe dienen'.

Spät am Abend erreichte er das Dorf. Alle Häuser waren dunkel, alle Menschen schon in ihren Betten. Oben in dem Tempel aber brannte noch ein Licht. So ging er hin und klopfte am Eingang. Niemand öffnete. Er versuchte es noch mehrmals, aber niemand kam. Da versuchte er das Tor zu öffnen und merkte, dass es unverschlossen war. Er kam in den Hof des Tempels und ging in die große Tempelhalle, in der Licht brannte, um nach den Priestern zu suchen. Aber er fand niemanden. Alles war staubig und voller Spinnweben.

Der Junge wusste nicht, dass der Tempel schon vor langer Zeit von den Priestern verlassen worden war, weil ein böser Geist darin hauste, der späte Wanderer mit dem Licht anlockte. Wer sich in den Tempel begab, wurde nie wieder gesehen. Das alles wusste der Junge nicht. Er dachte nur: ‚Die können wirklich jemanden brauchen, der hier fegt und putzt!' Er machte sich gleich an die Arbeit und begann zu fegen. Nun bemerkte er auch die großen Wandschirme, die an mehreren Stellen in der weiten Halle standen. Der Junge hielt inne und sagte sich: „Hier ist Platz für meine Katzen!" Er legte den Besen beiseite und begann zu malen, große Katzen, riesige Katzen, wie er sie noch nie gemalt hatte.

Als auch der letzte Wandschirm mit Katzen geschmückt war, fühlte sich der Junge plötzlich sehr müde. Er legte sich auf den Boden der Halle und wollte schon die Augen schließen, da sah er zum Dach und erinnerte sich an die Worte des alten Priesters. Hier war ein großes Dach und er sollte nur unter kleinen Dächern schlafen. So stand er auf und trat auf den Hof. Er sah einen kleinen Verschlag dicht neben der großen Halle. Dort ging er hinein, legte sich hin und war bald eingeschlafen. Irgendwann erwachte er durch ein lautes Getöse. Draußen war es noch stockdunkel. Von der Halle her hörte er lautes Poltern, Fauchen, Zischen, Schreien. Es klang unheimlich und er lag regungslos da. Der Lärm wurde immer lauter, in der Halle tobte offenbar ein heftiger Kampf. Irgendwann gab es einen gellenden Schrei, der ihm durch Mark und Bein ging und dann war Stille.

Der Junge blieb regungslos liegen, bis es draußen hell wurde. Schlaf fand er keinen mehr in dieser Nacht. Als die Sonne aufging, stand er auf und ging hinüber zur großen Halle. Er öffnete die Tür und erschrak. Der Boden war überall mit Blutlachen bedeckt. Und dann erblickte er eine riesige Ratte, so groß wie ein Ochse, die tot in einer Blutlache lag. Das war der Geist, der diesen Tempel heimgesucht hatte. Wer hatte ihn getötet? Der Junge schaute auf die Wandschirme und erblickte die Katzen, die er in der Nacht gemalt hatte. Sie schienen seltsam lebendig zu sein, als blinzelten sie ihm zu, und die Spitzen ihrer Schnurrbarthaare waren rot gefärbt... Der Tempel war nun wieder bewohnbar, Priester zogen ein und sorgten dafür, dass der Junge, der mit seinen Katzen den Tempel befreit hatte, eine gute Ausbildung bekam. Der Junge wurde später ein berühmter Maler. Die Wandschirme aber mit den Katzen mit den roten Schnurrbartspitzen wurden noch viele Jahre nach seinem Tod den Besuchern des Tempels gezeigt.

(Märchen aus Japan)

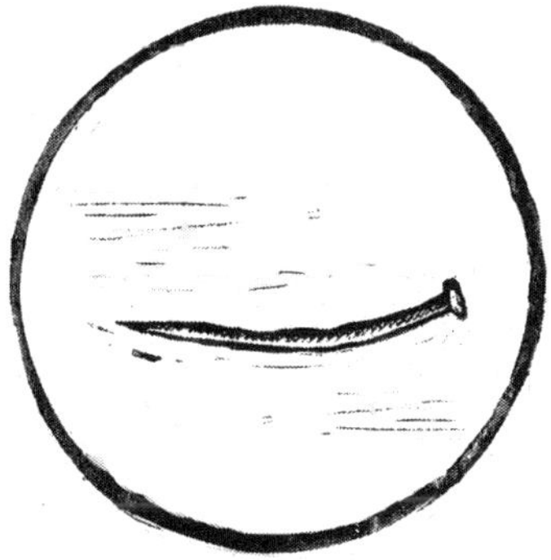

Der Junge und die blinden Königinnen

In einem weit entfernten Land lebte ein König, der seine besondere Freude daran hatte, Menschen zu quälen.

Eines Tages, als er durch den Wald ritt, um zu jagen, sah er eine schöne junge Frau, die vor der Tür einer Hütte stand. Er nahm sie, brachte sie zum Palast und heiratete sie. Betört von der Schönheit der jungen Frau, umschmeichelte er sie.

Aber das Glück der jungen Königin dauerte nicht lange. Sie verlor in den Augen des Königs an Reizen und bald zeigte er seine wahre Natur. Eines Morgens wachte er auf und befahl, die Augen der Königin auszustechen. Er schrie seine Diener an: „Bringe sie in den Kerker! Dort soll sie künftig bei Wasser und Brot leben."

Nicht lange danach heiratete der König eine zweite junge Frau, und auch diese erlebte einige glückliche Wochen mit ihm. Aber dann begann die Qual. Noch bevor drei Monate ins Land gegangen waren, blendete er sie und ließ sie in den Kerker bringen zu der ersten Königin. Das gleiche Schicksal ereilte fünf weitere jungen Frauen, eine nach der anderen.

Als die erste der sieben Königinnen in den Kerker geworfen wurde, merkte sie, dass sie schwanger war. Umgeben und behütet von den anderen Königinnen gebar sie ein Kind. Der Junge wuchs schnell heran, umhegt von der Liebe der sieben blinden Königinnen. Er war ein wunderschönes Kind. Nachts, wenn alle im Palast schliefen, lehrte ihn seine Mutter flüsternd das Sprechen. Schritt für Schritt teilte sie ihm alles mit, was sie wusste. Er fasste es schnell auf, ohne es wiederholen zu müssen.

Eines Tages fand der Junge einen rostigen Nagel, der auf dem Boden des Kerkers lag. Er begann damit zu spielen. Er drückte ihn in eine der feuchten Wände, bis ein winziger Lichtstrahl zu sehen war. Er drückte und schabte weiter, bis er ein Loch gebohrt hatte, groß genug, um hindurchzukriechen. „Mutter", flüsterte er, „ich gehe hinaus, um zu sehen, was ich dort finden kann. Stell dich vor das Loch, damit die Wächter es nicht sehen können."

Auf der anderen Seite der Kerkermauer war ein Garten voller Blumen und Obstbäume. Der Junge sammelte so viele Früchte, wie er tragen konnte, und brachte sie seiner Mutter. Sie sagte: „Verteile die Früchte auch an die anderen Königinnen."

Jedes Mal, wenn er nach draußen kroch, pochte das Herz seiner Mutter wie wild. Sie dachte: ‚Was geschieht, wenn ihn die Gärtner entdecken und zum König bringen?' Endlich sagte sie zu ihm: „Mein lieber Sohn, falls sie dich fangen, werden sie dich fragen, woher du kommst. Sie werden dich nach deinem Namen fragen und nach deinen Eltern. Sage ihnen: ‚Mein Zuhause ist die Welt. Mein Name ist Wind. Mein Vater und meine Mutter sind Donner und Regen.'"

Ein Jahr verging, ohne dass irgendjemand ihn entdeckte, denn der Junge stieg früh am Morgen in den Garten, und die Gärtner waren Langschläfer. Eines Morgens aber wachte einer der Gärtner früher als gewöhnlich auf, sah den Jungen, packte ihn und brachte ihn zum König. Der König aber fand Gefallen an dem Kind und als er fragte, woher er komme, antwortete der Junge: „Mein Zuhause ist die Welt." „Und wer ist dein Vater?" „Mein Vater ist der Donner." „Und wer ist deine Mutter?" „Meine Mutter ist der Regen."

Der König fand Gefallen an den Antworten des Jungen und er ahnte nicht, wer da vor ihm stand. So befahl er: „Kleidet ihn in beste Kleider, lasst ihn frei umherlaufen im Schloss und überall sonst."

Nachdem also der König die sieben Königinnen geblendet und sie in den Kerker geworfen hatte, heiratete er erneut. Diesmal hatte er eine Frau gefunden, die ihm ebenbürtig war. Die neue Frau war ein eiskaltes Weib mit einem Herzen aus Stein, die ihren Gatten so lange traktierte, bis er alle ihre Wünsche erfüllte und in allem gefügig war.

Der Junge lebte mit den Bediensteten des Schlosses und alle bewunderten ihn. Sie gaben ihm genügend zu essen und was er nicht aufessen konnte, brachte er heimlich zu den blinden Königinnen. Er blieb jeden Tag ein Weilchen bei seiner Mutter, sprach mit ihr und den anderen Königinnen, bis er zurückging in die Kammer, die der König für ihn bereitgestellt hatte.

Irgendwann drang der gute Ruf des Jungen an die Ohren der neuen Königin, die umgehend forderte, ihn zu sehen. Auch sie wollte seine Antworten hören und als sie sich davon überzeugt hatte, wie klug und willensstark er war, entschied sie, ihn umzubringen. Sie gab vor, krank zu sein, rief den König zu sich und sagte: „Im Traum wurde mir gesagt, dass mich nichts von meiner Krankheit heilen kann außer der Milch einer Löwin, überbracht von einem Löwen – in einem Sack aus Löwenhaut. Niemand außer dem Knaben kann dies schaffen."

Der König, der der Königin bedingungslos gehorchte, schickte den Jungen los, um diesen Auftrag zu erfüllen. Beunruhigt ging der Junge zu seiner Mutter, um ihr zu berichten, was die Königin von ihm forderte. Sie riet ihm: „Die Königin will nichts anderes, als dich vernichten. Aber dir wird nichts geschehen, wenn du tust, was ich dir sage. Bevor du losgehst, bitte den Koch um Brot, Milch, eine Schüssel und Salz zum Würzen. Lauf, bis du zu einem flachen Land kommst, wo du einen Felsen neben einem Fluss siehst, dessen Ufer von Bäumen beschattet wird. Mache einen Milchbrei mit dem Brot und lasse ihn am Ufer stehen. Dann verstecke dich hinter einem Baum. Ein Löwe wird kommen, an dem Brei schnüffeln und die Schüssel auslecken. Er wird sagen: ‚Was für eine Köstlichkeit! Wer hat sie hierher gebracht?' Da kommst du hinter dem Baum hervor und sagst: ‚Ich war das, Sir!' Und der dankbare Löwe wird dir deine Bitte erfüllen."

Der Junge tat, was ihm die Mutter gesagt hatte und als der Löwe den letzten Rest aufgeleckt hatte, schaute er sich um und sagte: „Was für eine Köstlichkeit! Wer könnte sie hierher gebracht haben?" „Mein Herr, ich war das!" „Was kann ich tun, um dir meine Dankbarkeit zu zeigen?", fragte der Löwe. „Was ich brauche, ist die Milch einer Löwin in einem Säckchen aus Löwenhaut, von einem Löwen zum Palast gebracht, um die Königin zu kurieren, die tödlich erkrankt ist." „Nichts einfacher als das", sagte der Löwe, „ein kleiner Löwe kommt mit dir. Nimm diesen Zauberstab und wenn du zum Palast kommst, berühre damit den Kopf des jungen Löwen dreimal und sage: ‚Geh dahin zurück, woher du kamst!'" Und noch bevor der Löwe zu sprechen aufhörte, erschien ein junger Löwe, mit der Milch einer Löwin in ein Säckchen aus Löwenhaut.

Als sie zum Palast kamen, stand die Königin auf ihrem Balkon. Sie sah den Zauberstab und die Löwenhaut und wurde grün vor Ärger. Am Palasttor nahm der Junge das Säckchen aus Löwenhaut auf seine Schulter, berührte den jungen Löwen dreimal mit dem Zauberstab und sprach. „Geh, woher du kamst!" und der junge Löwe verschwand.

Nun hasste die Königin den Jungen noch mehr als zuvor und schwor, dass sie ihn sterben sehen will. Wieder stellte sie sich krank. Sie sagte zum König: „Ich habe geträumt, wie ich geheilt werden konnte. Meine Augen liegen in den singenden Türmen und in den tanzenden Zinnen. Nur der Junge kann derjenige sein, der sie mir zurückbringt."

Der König befahl dem Jungen, dies zu tun und der Junge ging rasch zu seiner Mutter in den Kerker und fragte sie um Rat. Sie sagte: „Mein Sohn, hab keine Angst. Du weißt, die Königin möchte, dass du stirbst. Aber befolge meinen Rat und dir wird nichts geschehen. Bevor du gehst, bitte den Gärtner um einen Esel und die Gärtnersfrau um eine Gitarre. Sattle den Esel und reite sieben Stunden. Dann wirst du die

Verwunschene Stadt erreichen. Dort wirst du keinen Menschen sehen außer der Zauberin, die dort lebt. Streiche über die Saiten der Gitarre und die Zauberin wird erscheinen. Solange du spielst, ist sie in deiner Gewalt. Von da an weißt du, was du tun musst."

Als er die Tore der Verwunschenen Stadt erreichte, begann er zu spielen. Eine alte Frau kam heraus und fragte, ob sie die Gitarre kaufen könne. „Später!", versprach der Junge, „zuerst musst du mir die Sehenswürdigkeiten der Stadt zeigen."

Er fuhr fort zu spielen, ohne auch nur eine Sekunde auszusetzen, während die Alte neben ihm her schlurfte. Sie kamen zu einem Ferkel in einem schönen, kleinen Schweinestall. „Großmutter, was ist das?", fragte der Junge. „Du meinst das kleine Schweinchen? Das ist das Leben der neuen Frau deines Vaters. Nun gib mir aber die Gitarre!" „Später, Großmutter", sagte der Junge und er klimperte weiter. Sie kamen zu einer Fontaine mit goldglänzendem Wasser, umgeben von Blumen. „Was ist das, Großmutter?" „Das ist das Wasser, das Blinde wieder sehend machen kann. Nun gib aber die Gitarre her!" „Später", sagte der Junge und zupfte auf der Gitarre. Sie kamen zu einem Rondell, das aus einem einzigen Diamanten bestand. In der Mitte war ein winziger Palast aus Elfenbein, und daraus drang ein lieblicher Engelsgesang. „Großmutter, was ist das?" „Das? Das sind die singenden Türme und die tanzenden Zinnen. Nun gib aber endlich die Gitarre her!" „Noch nicht!", und er fuhr fort zu spielen. Sie kamen an einen Platz, auf dem viele brennende Kerzen standen, einige lang, einige kürzer, manche ganz kurz. „Großmutter, was ist das?" „Das sind die Leben jener Menschen, die im Königreich leben." „Und die längste, wessen Leben ist das? Das meines Vaters?" „Nein, das ist mein Leben, mein Kind. Nun gib aber endlich die Gitarre her!"

Bevor sie geendet hatte, nahm der Junge den Saum seines Ponchos und löschte die längste Kerze aus. Die Zauberin fiel tot zu Boden. Tot für immer. Er füllte eine Flasche mit dem goldglitzernden Wasser, steckte den Elfenbeinpalast mit den singenden Türmen und den tanzenden Zinnen in die Satteltasche, band um das Ferkel ein Seil, zurrte es auf dem Rücken des Esels fest und ritt zurück zu seines Vaters Palast.

Die Königin erwartete ihn auf dem Balkon. Als sie den Jungen ankommen sah, raufte sie sich das Haar, glühend vor Zorn. Er nahm das Ferkel und schmetterte es auf den Boden. Da blieb es tot liegen. Die Königin stieß einen letzten Schrei aus und übergab dem Teufel ihre Seele.

Danach rannte der Junge zum Kerker der sieben Königinnen. Er gab ihnen mit dem goldglänzenden Wasser das Augenlicht zurück. Dann ging er zum König und erzählte ihm alles, was geschehen war. Als der König begriff, dass dieses Kind, das er so liebte, sein eigener Sohn war, und dass die böse Königin nicht mehr lebte, rief er aus: „Was für ein Kind! Er hat mich geheilt!“

Der König heiratete erneut die Mutter des Jungen. Alle Untertanen wurden zur Hochzeit eingeladen. Von dem Tag an war der König ein anderer Mensch. Er regierte klug und weise. Die anderen Königinnen heirateten einen der Vertrauten des Königs und lebten glücklich.

Hier endet meine Geschichte, und der Wind bläst sie fort über die See.

(Märchen aus Chile)

Erbse und der Drache

Es lebten einmal ein Vater und eine Mutter, die hatten zwei Söhne und eine Tochter. Die Söhne waren fleißige Burschen. Wenn sie alle Arbeit in ihrer Wirtschaft erledigt hatten, arbeiteten sie noch in einem anderen Zarenreich.

Einmal gingen die Söhne für drei Tage fort und sagten zu den Eltern: „Wenn wir in drei Tagen nicht zurück sind, dann soll uns Pelageja, unsere Schwester, das Essen bringen. Damit sie weiß, wo wir uns aufhalten, werden wir Stroh auf den Weg streuen." Nun gut, sie gingen. Sie gingen und gingen, streuten Stroh und sagten zueinander: „Hier wird unsere Pelageja entlangkommen. So wird sie den Weg finden."

Nicht weit von hier wohnte ein Drache mit eiserner Zunge, ein furchtbarer Drache. Er fing alle jungen Frauen und Mädchen und zerrte sie zu sich in seinen knöchernen Palast. Von dort kam niemand zurück.

Der Drache hörte, warum die Brüder das Stroh auf den Weg streuten. So sammelte er das ganze Stroh auf, streute es auf den Weg, der zu seinem Palast führte, und wartete auf Pelageja. Er dachte sich: ‚Wenn sie zu den Brüdern geht, kommt sie dem Stroh nach direkt zu mir'. So geschah es auch.

Es verging ein Tag, die Brüder waren noch nicht zurück, es verging ein zweiter, ein dritter und sie waren immer noch nicht zurück. Da packten die Eltern Essen ein und sagten zu Pelageja: „Du, Töchterchen, geh schnell zu den Brüdern mit dieser Speise. Geh den Weg, auf den sie Stroh gestreut haben!"

Da ging Pelageja los. Sie ging und ging, und dann sah sie den knöchernen Palast des Drachen. Schnell wollte sie zurücklaufen, da hörte sie es brausen und brausen, sie drehte sich um und sah den Drachen. Er ergriff sie, brachte sie in den Palast und sagte: „Ich wollte schon lange zu dir, nun habe ich dich gefasst! Jetzt wirst du mit mir leben wie meine Frau." Sie begann zu weinen, aber was half das? Es half so viel, wie einem Toten der Weihrauch.

Pelagejas Brüder fanden gute Arbeit bei einem Gutsherrn. Sie begannen zu arbeiten, aber am vierten Tag hatten sie kein Brot mehr. Da verließen sie die Arbeit, gingen nach Hause und fluchten, weil Pelageja und die Eltern ihnen nichts zu essen geschickt hatten.

Die armen Eltern aber sperrten Mund und Nase auf und wunderten sich. Sie hatten doch Pelageja zu den Söhnen geschickt, aber die Söhne hatten sie nicht zu sehen bekommen? Sie sagten den Söhnen, dass sie Pelageja mit Brot geschickt hätten, erst gestern. Alle waren verwundert und standen kreidebleich da. Vielleicht hätten sie noch lange so gestanden, wenn nicht der älteste Sohn gesagt hätte: „Ich gehe Pelageja suchen."

Wie er es gesagt hatte, so tat er auch. Er ging fort. Er ging, ging den Weg entlang, der mit Stroh bestreut war und bemerkte nicht, dass das nicht der gleiche Weg war, den sie gegangen waren. So kam er zu dem knöchernen Palast, wo er Pelageja traf. Sie sagte zu ihm: „So und so, ich Unglückliche bin hineingeraten, lauf fort, Bruder, schnell, denn der Drache frisst dich auf!" Er aber sagte: „Wenn wir schon fortlaufen, dann gemeinsam." Sie entgegnete: „Nein, Bruder, er hört meinen Atem und holt mich ein. Du aber lauf fort!"

Sie hatte das gerade gesagt, als es toste und zwar so stark, dass sie taub wurden. Sie schauten auf und da war der Drache schon da. Pelageja sagte zu ihm: „Mein Bruder ist zu uns gekommen." „Gut", sagte der Drache, „bring ihn zu mir!" Sie holte den Bruder. Als sie ins Haus kamen, sagte der Drache: „Frau, gib uns eiserne Bohnen zu kosten!" Sie brachte sie. Als der Drache zu essen begann, kamen Funken aus seinem Mund. Der unglückliche Bruder nahm eine Bohne und hätte sich fast die Zähne ausgebrochen. Da spuckte er die Bohne aus. Als der Drache das sah, fiel er über den armen Burschen her und brüllte: „Warum isst du nicht, sondern spuckst die Bohne aus? Willst du sie etwa nicht, weil sie mein ist?" So schrie der Drache und schrie und sagte schließlich: „Komm, wir gehen und sehen uns meine Reichtümer an!" Sie gingen und der Drache hängte ihn am Hoftor auf. Er kam zurück und sagte: „Liebe Frau, ich habe deinen Bruder aufgehängt, denn er wollte die Bohne nicht essen." Sie aber, die Arme, weinte bittere Tränen... Aber was sollte sie tun? Sie weinte, weinte und hörte wieder auf.

Als sie am nächsten Tag aus der Höhle trat, sah sie ihren anderen Bruder kommen. Auch dieser Unglückselige wurde neben dem Bruder aufgehängt, weil er die Bohne nicht gegessen hatte.

Die Eltern warteten auf ihre Söhne einen Tag, einen zweiten Tag, ungefähr sechs Tage und sie waren immer noch nicht da. Einmal ging die Alte vor dem Weihnachtsfest Wasser holen. Da sah sie eine Erbse den Weg entlangrollen. Sie hob sie auf, betrachtete sie und aß sie auf. Nach einigen Tagen fühlte sie, dass sie schwanger war und nach einer oder zwei oder drei Wochen gebar sie einen schönen und gewaltig großen Burschen. Der war kaum geboren, da schrie er schon: „Mutter, gib mir zu essen!" Seine Stimme war so tief, dass alle erschraken und nicht wussten, was für ein Wunder das war.

Dieser Bursche wuchs nicht in Tagen, sondern in Stunden. Er war nach einem Monat riesengroß und hatte solch einen Bart, dass sogar der Vater sich vor ihm fürchtete. Sie überlegten und überlegten, wie sie ihn nennen sollten, was sie ihm für einen Namen geben sollten. Da nannten sie ihn Erbse.

Eines Tages sagte Erbse zu den Eltern: „Hier, Eltern, habt ihr eine Anstecknadel, geht zum Schmied und sagt, dass er eine Keule von sieben Pud daraus schmieden soll!“ Der Vater dachte bei sich: „Das ist ein Dummkopf. Aus einer Nadel, mit der sich die Frauen Blumen oder Bänder anstecken, will er eine sieben Pud schwere Keule haben?“ Er schüttelte den Kopf, fuhr aber in die Stadt und kaufte sieben Pud Eisen und befahl einem Schmied, dem Sohn eine Keule zu schmieden. Der Schmied schmiedete und schmiedete mit seiner ganzen Kraft. Der Vater freute sich. Er kam nach Hause und warf dem Sohn die Keule vom Wagen, dass es nur so eine Art hatte.

Erbse nahm die Keule mit einer Hand auf und schleuderte sie in die Höhe. Sie flog zum Himmel hinauf. Dann ging er essen. Er aß und sprach zu den Eltern: „Jetzt wollen wir auf den Acker gehen, Väterchen, die Keule kommt gleich zurück.“ Der Vater zitterte, aber er ging mit. Sie kamen zu dem Acker und der Sohn sagte: „Siehst du das Schwarze da am Himmel, Väterchen? Da fliegt meine Keule.“ Der Vater konnte gerade noch hinsehen, als die Keule auch schon um sie herumsauste. Erbse hielt das Knie hin, die Keule schlug dagegen und zerbrach in Stücke. „Ach Vater, was hast du mir für eine Keule machen lassen? Sie ist wohl nicht aus der Nadel gemacht, die ich dir gegeben habe?“ sagte Erbse.

Der Vater erschrak so, dass er mit den Zähnen klapperte und sich dabei ein Stück Zunge abbiss. Aber nachdem er sich ein wenig erholt hatte, fuhr er gleich in die Stadt und kaufte in einem Laden zehn Pud englisches Eisen, und derselbe Schmied schmiedete aus diesem Eisen eine neue Keule. Der Vater nahm die Keule und brachte sie dem Sohn. Er probierte sie aus wie das erste Mal, aber diese Keule war fest, sie verbog sich nur ein wenig. Erbse wurde wieder fröhlich, nahm die Keule, schleuderte sie, dass sie nur so lossauste und sagte: „Nun, Vater, ich gehe jetzt die Schwester suchen.“ Der Vater dachte: ‚Da mag dir Gott helfen‘!

Ohne lange zu überlegen, nahm Erbse seine Keule und ging direkt zum Drachen. Der Drache, der seine große Kraft fühlte, trat heraus und kam ihm auf dem Wege entgegen. Sie schauten einander an und jeder erschrak vor dem anderen. Pelageja stand in der Nähe. Erbse sah sie und erriet, dass das seine Schwester sein musste. Aber er sagte nichts. Nachdem sie ein Weilchen so gestanden hatten, sagte der Drache: „Komm Bruder, essen wir ein paar Bohnen!“

So gingen sie und setzten sich auf eiserne Tische. Als sich Erbse hinsetzte, fiel der Tisch auseinander.

Der Drache wunderte sich und gab ihm einen anderen Tisch, auch einen eisernen, aber einen stärkeren. Erbse setzte sich darauf und auch dieser Tisch verbog sich ein wenig. Dann begannen sie, eiserne Bohnen zu essen. Sie aßen und aßen, bis sie alles aufgegessen hatten.

Der Drache wurde ganz rot, ganz übel wurde ihm, weil sich ein Mensch gefunden hatte, der ihm überlegen war. Er wand sich und wand sich, dann sagte er zu Erbse: „Komm Brüder, lass uns meine Reichtümer ansehen!" „Gut!" So gingen sie. Sie kamen in die Scheune, von dort aus waren die Tore zu sehen und an diesen Toren hingen zwei Tote. Da fragte Erbse: „Wer ist das?" „Das sind die Brüder meiner Frau." Erbse schüttelte es und er dachte bei sich: ‚Da hast du es! Du bist zu spät gekommen.' Aber er sagte: „Ach, du nichtsnutziger Drache! Du hast also meine Brüder aufgehängt!" Er packte den Drachen an der Brust und stieß ihn in die Erde, so dass er bis zum Gürtel einsank. Dann ergriff er seine Keule und schlug ihn so auf den Rücken, dass das Blut floss und nachdem er noch einmal zugeschlagen hatte, war der Drache tot.

Nun ging Erbse zur Schwester und sagte: „Ich bin dein Bruder, und du bist meine Schwester. Deinen Drachen habe ich schon erschlagen." Sie aber glaubte ihm nicht. „Wie kannst du mein Bruder sein?", sagte sie. „Ich habe keine Brüder außer denen, die am Tor hängen." Und sie begann zu weinen. Erbse erinnerte sich der Brüder. Er ging und hob sie von dem Tor herunter. Dann erschlug er einen Stier, zog ihm das Fell ab, kletterte in dieses Fell und blieb so liegen.

Da kamen auf einmal schwarze Raben, hackten in das Fell, und Erbse ergriff einen Raben. Der arme Rabe bettelte und bat, ihn wieder fortzulassen. Er wolle alles tun, nur solle er ihn freilassen. „Ja", sagte Erbse, „bring mir Lebenswasser!" Und als der Rabe es versprochen hatte, ließ er ihn wieder los. Erbse hatte sich kaum umgesehen, als der Rabe auch schon wieder zurückgeflogen kam. Im Schnabel brachte er ein Gefäß mit Lebenswasser. Erbse nahm dieses Wasser und benetzte den Brüdern die Augen damit. Da wurden sie lebendig und fragten: „Wer bist du, wem können wir danken?" Erbse aber sagte: „Ich bin euer Bruder, und zu danken braucht ihr mir nicht." Sie glaubten ihm aber nicht und dachten: ‚Wie kann er unser Bruder sein? Wo kommt er her?' Aber trotzdem dankten sie ihm und machten sich auf den Weg. Sie nahmen Pelageja und liefen nach Hause. Als sie zu Hause angekommen waren, erzählten sie den Eltern, was mit ihnen geschehen war und dass sich der Mensch dort ihr Bruder nenne. Die Eltern hörten sie an, beteten und sagten: „Dieses wunderbare Wesen ist bei uns zur Welt gekommen. Er ist euer Bruder. Aber wo ist er jetzt?"

Erbse aber war in den Pferdestall des Drachen gegangen, hatte sich ein gutes Pferd und zwei Windhunde, die immer bellen, ausgewählt und war in die Welt geritten. Aber wo er jetzt war, wer weiß das? Vielleicht reitet er jetzt gerade irgendwo.

Die Eltern und ihre Kinder lebten wie früher miteinander, und die Angst vor dem Drachen war aus der Welt verschwunden.

(Märchen aus Russland)

Klüger als der König

In längst vergangenen Zeiten lebte einmal in Dahomey ein König, der immer schlechte Laune hatte. Er herrschte über ein großes Reich, und überall, wo er hinkam, schaute er die Menschen mit grimmigem Gesicht an.

In diesem Königreich lebten ein Mann und eine Frau. Sie waren nicht mehr jung und die Arbeit auf dem Feld hatte ihren Rücken krumm gemacht. Tiefer Kummer zeigte sich auf ihren Gesichtern. Der Grund dafür war jedem im Dorf bekannt: das Paar wünschte sich schon lange ein Kind, aber dieser Wunsch hatte sich nie erfüllt. Es vergingen viele Jahre und oft fragten sich die beiden, ob sie wohl ohne Nachkommen sterben müssten. Sie brachten den Göttern viele Opfer und flehten sie an, ihre Gebete zu erhören.

Eines Tages geschah ein Wunder: Die Frau gebar einen Sohn! Zweifellos hatten die Götter die Bitten des Paares erhört, um sie für ihr untadeliges Leben zu belohnen.

Es war ein schönes Kind, ein Junge. Die Eltern bewunderten ihn. Ihre Hütte erstrahlte von nun an in einem besonderen Licht, das mal hell leuchtend, mal blassblau wurde. Alle Menschen im Dorf liebten und achteten den Knaben, denn er hatte ein helles Köpfchen und wusste auf jede Frage eine Antwort. So gaben ihm die Eltern den Namen: Egnonuyi hu dada. Das bedeutet: Klüger als der König.

In dem Königreich gab es ein strenges Gesetz: Niemand durfte das Wort ‚dada' aussprechen, denn es bedeutet ‚König'. Wie kamen die Eltern dazu, ihrem einzigen Kind einen solchen Namen zu geben? Einen Namen, der sein Leben bedrohen könnte?

Es verflossen Monate und Jahre, und der Knabe wuchs heran. Die Eltern verboten ihm zwar, die Hütte zu verlassen, aber seine Sehnsucht, mit anderen Kindern zu spielen, wuchs von Tag zu Tag. Eines Tages lief er aus der Hütte heraus. Er sah, wie sich die Kinder vor dem königlichen Palast tummelten. Sie sahen ihn erstaunt an und fragten nach seinem Namen. Rasch war er zu ihrem Freund geworden und sie rannten um die Wette. Er hatte schnelle Beine, und als er als erster das Ziel erreichte, riefen die anderen: „Egnonuyi hu dada hat gewonnen!" Das hörte der König, der gerade unter einem großen Baobab spazieren ging. Er wurde rot vor Zorn und verlangte, dass der Junge sofort zu ihm gebracht wurde. Ein Kind mit dem Namen Egnonuyi hu dada! Nie mehr sollte er nach Hause zurückkehren!

Die Eltern waren in großer Sorge. Was hatte der König vor? Sollten sie etwa ihr einziges Kind verlieren? Aber sie mussten tun, was der König befahl. Sie brachten den Jungen in den Palast. Er nahm Abschied von Mutter und Vater, tröstete sie und blieb fortan beim König.

Eines Morgens befahl der König, Hirse zu trocknen. Als die Hirse auf dem Boden ausgebreitet wurde, stürzte ein dichter Platzregen herab, der den Boden augenblicklich in Schlamm verwandelte. Der König rief den Jungen zu sich. „Hier ist die Hirse deines Königs. Der starke Regen hat sie durchnässt. So wird sie verfaulen und unbrauchbar werden. Ich befehle dir, sie aufzulesen!“ Der Junge zog sein Hemd aus und gab es dem König mit den Worten: „Bring das Hemd in mein Zimmer, damit es nicht nass wird, während ich die Hirse auflese.“

Als der Knabe die Hirse aufgelesen hatte, begab er sich zum König. „Majestät, dein Auftrag ist erfüllt.“ „Ich danke dir“, entgegnete der König, „aber wisse, in diesem Lande ist es Sitte, dass du von nun an mein Diener bist, da ich dir einen Befehl gab und du ihn erfüllt hast.“ Der Knabe schaute den König an und antwortete: „Verzeiht, mein König, ich hatte dir den Auftrag gegeben, mein Hemd in mein Zimmer zu bringen. Du hast meinen Auftrag erfüllt, also bist du von nun an mein Diener.“ Der König schwieg, aber die Zornesfalten in seinem Gesicht wurden immer tiefer und er wollte dieses Kind vernichten, koste es, was es wolle.

Eines Tages beschloss der König, Egnonuyi hu dada gemeinsam mit einem seiner Söhne in ein fernes Dorf zu schicken. Zuvor hatte er dem Dorfältesten eine Nachricht geschickt, dass er dasjenige Kind umzubringen solle, das die schönsten Kleider trug.

Nun zog der König seinem eigenen Sohn abgetragene Kleider an, als wäre er ein Waisenkind, und der befahl, Egnonuyi hu dada in fürstliche Gewänder zu hüllen.

Die beiden Kinder machten sich gemeinsam auf den Weg. Nach einiger Zeit sagte Egnonuyi hu dada zu seinem Begleiter: „Sieh mal an, wie schön und vornehm ich aussehe. Und du? Was werden die Menschen in dem Dorf denken, wenn sie uns sehen? Gib mir deine ärmlichen Kleider und nimm dafür, was ich am Leibe trage.“

Gesagt, getan. Der Prinz war gern bereit, seine Kleider gegen die von Egnonuyi hu dada zu tauschen. Als der Dorfälteste die Jungen sah, beschuldigte er den fürstlich gekleideten Buben, die Kleider des Königsohns gestohlen zu haben und ließ ihn töten. Er überschüttete den anderen Jungen mit zahlreichen Geschenken und Vorräten. Gemäß den Bräuchen des Dorfes, wurde er unter Trommelschlägen von einer großen Menschenschar bis zur Grenze des Dorfes begleitet. Egnonuyi hu dada kam zum König zurück. Verbittert weinte der über den Verlust seines Sohnes und er musste eingestehen, dass Egnonuyi hu dada ihm weit überlegen war. So schwor er abermals, sich zu rächen und wartete eine günstige Gelegenheit ab.

Als einige Wochen vergangen waren, gab er Egnonuyi hu dada einen weißen Bock und sagte: „Geh fort! Binnen eines Monats muss dieser Bock ein schönes, weißes Zicklein gebären. Das sollst du mir bringen."

Egnonuyi hu dada nahm den Bock und lief gerade zu dem Riesenbaobab, in dessen Schatten er dem König zum ersten Mal begegnet war. Er nahm eine Axt und begann, auf den Stamm des Affenbrotbaumes zu schlagen. Die Diener des Königs liefen schnell zu ihrem Herrn, um ihm von diesem Frevel zu berichten. Der König kam in Windeseile und fragte empört: „Was machst du da?" Und der Junge antwortete: „Mein Vater hat heute einen Sohn geboren. Ich hole Holz, um warmes Wasser für das Neugeborene zu machen." Die Umstehenden brachen in helles Gelächter aus. Der König aber geriet in Zorn: „Wie kannst du es wagen, mir so etwas zu sagen! Wie kann ein Mann ein Kind gebären?" Der Junge entgegnete: „Wieso erwartest du von mir, dass ich dir ein Zicklein bringe, das ein Bock zur Welt gebracht hat?" Der König rannte davon, gefolgt vom Gelächter der Dorfbewohner.

Der König fand keine Ruhe. Tag und Nacht überlegte er, wie er diesen Knaben vernichten könnte. Eines Tages rief er ihn zu sich und übergab ihm zwei Steine: „Geh fort und mache aus den Steinen zwei Dinge, die für die Menschheit unentbehrlich sind." Er schwieg und ließ den Knaben ratlos zurück. Egnonuyi hu dada machte sich auf den Weg zum nahegelegenen Sumpf. Dort trafen sich die Vögel aus aller Welt. Er bat jeden Vogel, dem er begegnete, ihm eine Feder zu geben. Dann wälzte er sich im Schlamm des Sumpfes und steckte anschließend die Federn an seinem ganzen Körper fest, so dass er ein buntes Federkleid trug.

So verkleidet erhob er sich in die Lüfte und setzte sich auf einen Ast des königlichen Baobabs vor dem Palast des Königs nieder. Alle, die ihn erblickten, hielten ihn für den schönsten Vogel der Welt. Einer der Söhne des Königs sah ihn und rief seinen Vater „Wie schade, dass Egnonuyi hu dada nicht unter uns ist. Er wüsste ganz sicher, was das für ein Vogel ist!" „Nein", antwortete der König, „Egnonuyi hu dada habe ich weggeschickt mit einer Aufgabe, die er ganz gewiss nicht erfüllen kann. Ich habe ihm zwei Steine gegeben, aus denen er die Sonne und den Mond machen soll." Als die letzten Worte des Königs verklungen waren, erhob sich der Vogel und flatterte davon.

Egnonuyi hu dada flog zurück zum Sumpf und übergab jedem Vogel die Feder, die er von ihm bekommen hatte. Dann suchte er einen Steinmetz auf, der im ganzen Land berühmt war für seine Kunst. Der aber nahm die beiden Steine, schaute sie lange an und begann, sie zu bearbeiten. Unter seinen kundigen Händen verwandelten sie sich in wahrhaft wunderbare Kunstwerke. Egnonuyi hu dada hielt in seinen Händen ein goldenes Gestirn und eine schimmernde Mondsichel. Er versteckte sich im Sumpf und wartete ab, was geschehen würde.

Nach einigen Tagen verkündete der König: „Ich habe Egnonuyi hu dada befohlen, Sonne und Mond zu uns zu bringen. Wenn es ihm nicht gelingt, werde ich ihn sofort enthaupten!“ Egnonuyi kam und holte unter seinem Gewand eine blaue Mondsichel und eine strahlende goldene Sonne hervor. Als der König dies sah, fiel er zu Boden und starb.

Als Egnonuyi hu dada herangewachsen war, ernannte das Volk ihn zum König. Dank seiner Klugheit gedieh das Königreich prächtig und alle Menschen lebten in Glück und Zufriedenheit.

(Märchen aus Benin)

Die Geschwister und der weise Alte

Vor vielen, vielen Jahren, als die Welt noch nicht so war, wie sie heute ist, da lebten am Fuße der Berge ein armer Mann mit seiner Tochter und seinem Sohn. Seine Frau war vor längerer Zeit gestorben.

Jeden Tag stieg der Junge auf den Berg, um Bambus zu schlagen. Daraus fertigten Vater und Tochter Körbe, die sie auf dem Markt verkauften. Von dem Erlös lebten sie. Aber das Geld reichte nur für etwas Reis und manchmal für ein neues Fell, das sie benötigten, um sich vor der Kälte zu schützen, denn damals gab es noch keine Baumwolle, um Decken zu weben, auch kein Öl, mit dem man Lampen hätte füllen können. Am Abend schürten sie das Feuer, damit es etwas wärmer und heller in der Hütte wurde. Da sie nur feuchtes Holz hatten, füllte sich die Hütte mit Rauch, sodass ihnen die Augen tränten, wenn sie bis tief in die Nacht Bambuskörbe flochten. Der Rauch und die Kälte machten die Menschen krank. „Wenn der Mond immer so leuchten würde wie die Sonne", sagte der Junge eines Abends, „dann könnten wir mehr Körbe machen und unsere Augen würden nicht mehr krank." Das Mädchen fügte hinzu: „Und wenn der Mond uns wärmen könnte wie die Sonne, dann bräuchten wir das Feuer nicht mehr zu schüren."

„Ja, das wäre schön", sagte der Vater, „wir sollten den Mond bitten, uns mehr Wärme und Licht zu geben." „Aber kann der Mond uns hören?", fragten die Kinder. Der Vater überlegte eine Weile und sprach: „Ich habe von einem Berg gehört, den die Menschen „Himmelsleiter" nennen. Dort lebt ein Greis mit einem langen grauen Bart. Er ist der Vater aller Bäume und ein Freund des Mondes. Wenn der Mond über den Berg wandert, besucht ihn der alte Mann. Er könnte den Mond fragen, warum er nicht so hell und so warm scheint wie die Sonne." „Vater", sagte der Sohn, „ich werde den alten Mann suchen und ihn bitten, dass er beim Mond ein gutes Wort für uns einlegt!" „Bruder, ich werde mit dir gehen", sagte die Schwester. „Kinder, kein Mensch kann dort hingelangen. Bis zu dem Berg ist es sehr weit. Er liegt hinter sieben Bergen und acht Tälern. Er ist so hoch, dass der Gipfel in den Wolken verschwindet. Ewiger Schnee und Eis versperren den Weg, spitze Steine reißen jedem die Füße blutig." „Ich schaffe es", sagte der Junge entschlossen. „Gleich morgen will ich losgehen!"

Bevor die Sonne aufging, machte sich der Junge allein auf den Weg. Er wanderte Tage, Wochen, Monate über sieben Berge und durch acht Täler, durchquerte Flüsse und Wälder, überwand Felsen und Gebirge.

Nach neun Monaten erreicht er den Berg „Himmelsleiter". Schroff und abweisend schien der schneebedeckte Berg. Der Junge überlegte nicht lange und begann den mühsamen Aufstieg. Bald erstarrten seine Füße und Hände vor Kälte, wurden rissig und fingen an zu bluten. Er stieg höher und höher, und bald lagen die Wolken tief unter ihm, und um ihn herum war der klare, blaue Himmel.

Auf dem Gipfel des Berges saß ein Greis auf einem Felsen und kämmte sich das weiße Haar und den Bart, der bis zum Boden reichte. Der Junge trat vor ihn, verbeugte sich und sagte: „Ehrwürdiger Greis, verzeih mir, dass ich deine Einsamkeit störe, aber wir benötigen deine Hilfe. Kannst du bitte den Mond fragen, warum er nicht so hell und so warm wie die Sonne scheint und warum er nicht jede Nacht zu sehen ist." Der Greis kämmte weiter sein Haar, so als ob er nichts gehört hätte. Wieder verbeugte sich der Junge: „Bitte hilf den Menschen auf der Erde. Sie müssen in der Nacht arbeiten. Sie können nur im Schein des Feuers etwas sehen. Der Rauch aber verdirbt ihnen die Augen. Bitte den Mond, er möge so hell wie die Sonne leuchten und mehr Wärme geben."

Langsam hob der Greis den Kopf, schaute den halberfrorenen Jungen an und sprach: „Warte einen Moment." Dann erhob er sich, wickelte sich den Bart um den Hals und stieg auf einen Felsen. Der Junge sah, wie sich der Mond langsam näherte und über dem Felsen stehenblieb. Der Greis stieg in die Mondsichel wie in ein silbernes Boot. Nach einer Weile stieg er wieder aus und der Mond setzte seine Reise fort.

Der Greis wandte sich dem Jungen zu und sprach: „Ich habe dem Mond deine Frage gestellt, warum er nicht hell und warm scheint wie die Sonne. Der Mond antwortete, das könne er nicht, er hat nicht so viel Kraft wie die Sonne. Auch könne er nicht jeden Abend am Himmel erscheinen, weil er sich regelmäßig im Meer waschen müsse." Der Junge senkte den Kopf. Er dachte an seinen Vater und die anderen Menschen im Dorf, wie sie mit entzündeten Augen in der Nacht ihre Arbeiten verrichten mussten. Er fing an zu weinen, seine Tränen fielen auf den Schnee und der Schnee schmolz. Der Greis tröstete den Jungen und sprach: „Der Mond kann nichts für euch tun. Ihr müsst euch selber helfen." „Aber wie?", fragte der Junge, „mein Leben würde ich dafür geben, damit es den Menschen bessergeht." „Wenn du bereit bist, dein Leben zu opfern", sagte der Greis, „könntest du den Menschen helfen."

Daraufhin kämmte er wieder seinen Bart, und eine strahlende Perle fiel heraus, so groß wie ein Ei. „Hier", sagte er zu dem Jungen, „verschlucke die Perle, und den Menschen wird es bessergehen." Der Junge überlegte nicht lange, nahm die Perle und schluckte sie herunter. In dem Moment verwandelten sich seine Beine in Wurzeln, der Körper reckte sich und wurde zu einem Stamm, sein Kopf zu einer mächtigen Baumkrone. Der Baum trug eiförmige Früchte. „Die Menschen werden dich Tung-Baum nennen. Deine Blüten werden sie erfreuen und deine Früchte werden sie ernten. Aus den Früchten werden sie Öl pressen. Mit dem Öl werden sie Lampen füllen, die in der Dunkelheit leuchten. Der Rauch in den Hütten wird verschwinden, die Dunkelheit wird weichen und die Menschen werden wieder gesund." Der Baum hörte es und rauschte freudig mit seinen Blättern.

Währenddessen wartete die Schwester auf ihren Bruder. Als er auch nach neun Monaten nicht zurückkam, sagte sie: „Ich gehe ihn suchen, und wenn ich bis auf die Spitze des Berges „Himmelsleiter" klettern muss." Aber der alte Mann schüttelte den Kopf. „Meine Tochter, das ist nicht einfach. Dein Bruder hat es nicht geschafft, wie willst du es dann schaffen?" „Vater, ich schaffe es", sagte das Mädchen entschlossen. „Gleich morgen mache ich mich auf den Weg."

Früh, noch bevor die Sonne aufging, machte sich das Mädchen auf den Weg. Sie wanderte tage-, wochen-, monatelang über sieben Berge und durch acht Täler, durchquerte Flüsse und Wälder. Endlich stand sie am Fuße des Berges „Himmelsleiter". Langsam stieg sie den Berg hinauf, bis ihr die Füße bluteten, und Eis und Schnee ließen ihren Körper erstarren. Tief unten zogen die Wolken dahin.

Auf einem Felsen sah sie den Greis sitzen, der sein Haar und seinen Bart kämmte. Das Mädchen trat zu ihm, verbeugte sich und sagte: „Ehrwürdiger Greis, verzeih mir, dass ich deine Einsamkeit störe, aber wir benötigen deine Hilfe. Kannst du bitte den Mond fragen, warum er nicht so hell und so warm wie die Sonne scheint und warum er nicht jede Nacht zu sehen ist." Der Greis kämmte weiter sein Haar, so, als ob er nichts gehört hätte. Wieder verbeugte sich das Mädchen: „Bitte, hilf den Menschen auf der Erde. Sie müssen in der Nacht arbeiten. Sie frieren und sind krank. Bitte den Mond, er möge so hell wie die Sonne leuchten und mehr Wärme geben."

Langsam hob der Greis den Kopf, sah das blaugefrorene Mädchen an und sprach: „Es war schon ein Junge hier, der wollte auch, dass ich den Mond frage, warum er nicht mehr leuchtet und wärmt. Doch der Mond antwortete, er könne nichts für die Menschen tun, sie müssten sich selbst helfen." Weinend fragte das Mädchen: „Aber wie denn? Ich gäbe mein Leben dafür, wenn ich ihnen helfen könnte." „Dafür musst du dich in einen Baum verwandeln", sagte der Greis. „Siehst du den Baum, es ist dein Bruder. Aus seinen Früchten werden die Menschen Öl pressen, das ihnen bei der Arbeit leuchtet. Der Rauch des Feuers wird sie nicht mehr blind machen. Wenn du auch dein Leben opferst und dich in einen Baum verwandelst, kannst du deinem Vater und allen anderen helfen." Das Mädchen lief zu dem Baum und umarmte ihn, dann sagte es: „Wenn mein Bruder den Menschen leuchten wird, könnte ich sie dann nicht wärmen?“ „Bist du ganz sicher, dass du das willst?“, fragte der Greis. „Ja“, sagte das Mädchen. Da strich der Greis durch seinen Bart, und eine strahlende Perle, so groß wie ein Ei, fiel heraus. Er reichte sie der jungen Frau und sprach: „Wenn du keine Angst hast, verschlucke die Perle und alles wird gut.“

Das Mädchen trocknete seine Tränen, nahm entschlossen die Perle und schluckte sie hinunter. Im selben Augenblick verwandelten sich die Beine in Wurzeln, der Körper streckte sich zum Stamm, Kopf und Schultern wurden zur Krone eines schönen Baumes. Zwischen den Blättern zeigten sich Blüten, und daraus wuchsen eiförmige Früchte. „Die Menschen werden dich Kapok nennen“, sagte der Greis. „Sie werden sich an deinen Blüten erfreuen und deine Früchte ernten. Die Samen in den Früchten werden mit seidenweichen Fasern geschützt sein. Daraus können die Menschen Fäden spinnen und wärmende Stoffe weben, für Decken und Kleidung. Der Kapok-Baum hörte zu und rauschte freudig mit den Blättern. Der Tung-Baum, der daneben stand, stimmte in das Rauschen ein.

Währenddessen wartete der alte Vater auf die Rückkehr seiner Kinder. Als sie nach neun Monaten noch nicht zurückgekehrt waren, sagte er sich: „Ich gehe sie suchen, und wenn ich bis auf die Spitze der Himmelsleiter steigen muss.“

Nach neun Monaten erreichte er den Gipfel des Berges Himmelsleiter. Tief unter ihm flogen die Wolken, und auf einem Felsen sah er einen Greis sitzen, der sich die Haare und den Bart kämmte. Der alte Mann verbeugte sich bis zur Erde und sagte: „Ehrwürdiger Greis, verzeih mir, dass ich deine Einsamkeit störe, aber ich benötige deine Hilfe. Weißt du, wo meine Kinder sind?“ Der Greis hob langsam den Kopf und schaute den Mann an, dessen Füße von der Kälte blau waren. „Vor einiger Zeit war ein Junge hier, der wollte, dass ich den Mond frage, warum er nicht ein wenig heller leuchtet. Auch ein Mädchen kam, das bat mich, ihn zu fragen, warum er nicht wie die Sonne wärmt und den Menschen hilft. Der Mond sagte, er kann nichts für euch tun, ihr Menschen müsst euch selber helfen. Die Bäume hier sind deine Kinder, sie haben sich für die Menschen geopfert. Der Junge ist ein Tung-Baum geworden, er wird den Menschen Öl geben für Lampen, die ihnen bei der Arbeit leuchten. Das Mädchen ist der Kapok-Baum, er wird die Menschen wärmen.“ Der Vater lief weinend zu den Bäumen, umarmte sie und sprach: „So will ich für immer hier bei ihnen bleiben!“ „Nein“, sagte der Greis, „ich habe keine Perle mehr und kann dich nicht in einen Baum verwandeln, doch, wenn du das tust, was ich dir sage, wirst du sie immer bei dir haben. Nimm den Samen der Bäume, säe ihn bei dir im Dorf aus, so werden sie dich nie mehr verlassen.“

Als die Bäume das hörten, rauschten sie und schüttelten sich und überschütteten den Vater mit ihren Samenkörnern. Der Vater sprang freudig auf und sammelte die Körner in einen Korb. Er bedankte sich bei dem Greis und kehrte in seine Hütte zurück. Zuhause säte er mit den anderen Dorfbewohnern die seltenen Samen auf Hängen und Hügeln aus. Nach einem Jahr wuchsen daraus wunderschöne Bäume, die die Menschen noch nie zuvor gesehen hatten.

Seit dieser Zeit zünden die Menschen am Abend Öllampen an, gefüllt mit dem Öl aus dem Samen des Tung-Baumes. So können sie im hellen Schein der Lampen arbeiten, und ihre Augen werden vom Rauch des Feuers nicht mehr krank. Wenn ihnen kalt ist, wärmen sie sich mit den Kleidern und Decken aus den weichen Fasern, die der Kapok ihnen schenkt.

So machen es die Menschen bis auf den heutigen Tag.

(Märchen aus China)

Die Müllersöhne und der Drache Ashdacha

Es war einmal ein Müller. Im Mühlbach vor seinem Haus gab es Wasser mehr als genug. Der Müller verstand sein Handwerk, sodass er nie ohne Arbeit war. Dafür hing stets grauer Mehlstaub in seinem dichten Bart. Als den alten Müller das Zeitliche segnete, schickten sich die beiden ältesten Söhne an, das Erbe zu teilen. So eindringlich der jüngste Bruder sie auch zu überreden suchte, gemeinsam die Mühle zu betreiben, die beiden wollten nichts davon hören. So teilten also die beiden ältesten Brüder das Erbe unter sich auf.

„Weshalb soll ich ewig mit staubigem Mehlbart herumlaufen?", meinte der Älteste und legte sich ins Gras an den Mühlbach. „Vater hat immer Mehlstaub im Bart gehabt, nein, ich hab' keine Lust, so ein Leben zu führen", dachte der zweite und rekelte sich auf dem Mühldach.

„Na schön", sagte der dritte, „mag mein Bart auch verstaubt sein, Hauptsache, der Magen weiß, was feingemahlenes Mehl ist." Er nahm sich, was die beiden älteren übriggelassen hatten: den alten Mühlstein, der dem Müller sein Leben lang treu gedient hatte.

Der älteste Bruder lag also im Gras neben dem Mühlbach, während sich der mittlere faul in der Sonne auf dem Dach wärmte. Der jüngste machte sich indessen im Schatten am Mühlstein zu schaffen. Seine Kleider waren stets weiß vom Mehlstaub, doch alle, die in die Mühle kamen, um das Korn mahlen zu lassen, gaben ihm als Lohn für seine Arbeit ein wenig Mehl, so dass er nie Hunger litt.

Als der älteste Bruder sein Erbteil aufgezehrt war, beschloss er, den heimatlichen Aul zu verlassen. Er ging fort und gelangte in eine dunkle feuchte Schlucht. Tief in dieser Schlucht aber hauste an einer Quelle der Drache Ashdacha. „Allah schenke dir immer kühlendes Wasser, Ashdacha!" „Hättest du keinen guten Wunsch ausgesprochen, so hätte ich dich sofort mit Haut und Haaren verschlungen!", erwiderte der Ashdacha. Der Müllersohn war ernstlich erschrocken. „Hab Dank, dass du mich schonst!", erwiderte der Müllersohn. „Höre, du mutiger Jüngling, kennst du irgendein Märchen oder wenigstens ein Lied?", fragte der Ashdacha. „Nein", entgegnete der Bursche verwundert. „Menschen, die weder Märchen noch Lieder kennen, fallen den Raubtieren zum Opfer", verkündete der Drache und verschlang den Müllersohn.

Der mittlere Bruder fand es allmählich langweilig, dauernd auf dem Dach der Mühle zu faulenzen, und er beschloss, wie sein Bruder den Aul zu verlassen. Genau wie er, geriet er in den Schlund des Ashdacha.

Der jüngste Müllersohn ahnte Unheil und hatte keine Ruhe mehr bei seinem Tagewerk. So hielt er die Mühle an und machte sich auf die Suche nach den Brüdern.

Als er in die Schlucht geriet, erblickte er die sprudelnde Quelle, wollte darüber hinwegspringen und landete auf dem Rücken des Drachen. „Beschere Allah dir kühles Wasser, Ashdacha", rief der Müllersohn unverzagt. „Hättest du keinen guten Wunsch ausgesprochen, so hätte ich dich mit Haut und Haaren verschlungen", verkündete der Drache und fragte: „Kennst du wenigstens ein Märchen oder ein Lied?" „Aber ja", erwiderte der verwegene Müllersohn, „ich kenne Lieder und Märchen und kann lügen, dass sich die Balken biegen. Was also möchtest du hören?" „Lügen kannst du sicher nicht, du kennst nur wahre Geschichten", meinte der Drache geringschätzig. „Darauf antwortete der Müllerbursche: „Wenn ich dir eine wahre Geschichte erzähle, so magst du mich verschlingen, ist's aber eine Lüge, so schweige, sonst schneide ich dir einen Streifen Haut aus deinem Rücken. Ich brauche nämlich gerade einen neuen Riemen." Der Drache war einverstanden. „Lüge mir meinethalben die Hucke voll, ich werde schweigen!"

Der Müllersohn begann: „Gut, ich will dir zunächst erzählen, wie es mich hierher verschlagen hat. Ohne die Geschichte mit meinen Stuten wäre ich nämlich niemals zu dir gekommen. In jenem Jahr, als ich sie auf die Weide trieb, verdunstete alles Wasser unter der Sonne und das Gras verdorrte. Ich trieb die Stuten also zum Fluss und merkte, dass er zugefroren war. So griff ich zur Axt, schlug ein Loch ins Eis und sah, dass es bis zum fließenden Wasser sehr tief hinab war, meine Stuten würden es niemals erreichen, um saufen zu können. Ich nahm also meinen Kopf vom Hals, höhlte ihn aus, schöpfte Wasser aus dem Eisloch und tränkte alle meine Stuten. Dabei dachte ich: Wenn schon die Füße im Wasser so frieren, wie muss dann erst meinem armen Kopf zumute sein. Ich ging also zur Quelle, schlug Reisig und machte ein Feuerchen. Der Fluss erwärmte sich, aber mein Feuerchen wurde zu einem regelrechten Brand. Der Fluss verbrannte und das Feuer griff aufs andere Ufer über, sodass meine Stuten Hals über Kopf flüchteten. Ich packte die Axt, hielt aber nur den Stiel in den Händen. Der Axtrucken war nämlich auch verbrannt. Da fiel mir mein Kopf ein. Ich nahm ihn ab und rannte zum Fluss zurück. In meinem Schädel aber hatten sich inzwischen zwei Bienen eingenistet."

Hier warf der Müllersohn einen prüfenden Blick auf den Drachen, denn er schien etwas fragen zu wollen. Der erinnerte sich jedoch im letzten Moment seines wertvollen Rückens.

„Schön und gut", fuhr der Junge fort, „die Stuten waren zwar verloren, aber ich musste weiterleben. Ich setzte mir also wieder meinen Schädel auf den Hals, fing mit der Nase zwei Rentiere, verzehrte ihr

Fleisch, hängte die Felle an einen Baum, fällte diesen Baum mit der Axt und baute mir einen zweirädrigen Wagen. Dann holte ich die zwei Bienen aus meinem Schädel. Doch die summten wie wild und stritten miteinander, wer mehr Honig herbeischaffen könne. Zum Schluss fingen sie sogar an, miteinander zu raufen. Ich hab' sie kaum trennen können. Diesen Streit, sage ich, den kann man auch ohne Schlägerei beilegen. „Schafft Honig herbei! Wollen sehen, wer von euch recht hat". Die Bienen brachten also Honig. Es war so viel, dass ich beide Rentierfelle damit füllen konnte. Die Felle lud ich auf den Wagen, schirrte die Bienen an und fuhr los. Da bockte eine Biene. Der Karren wäre beinahe in den Abgrund gestürzt. Ich holte mit der Peitsche aus, um die Biene zu züchtigen, verfehlte sie jedoch und traf nur die Erde. Das Peitschenende, an dem ich mich festhielt, schnellte in die Lüfte und warf mich in den Himmel. Ich hielt mich schnell an einer Wolke fest und schwebte nun über der Erde. Die Wolke glitt dahin. Ich klammerte mich mit beiden Händen fest, als ich plötzlich ein Gewässer unter mir erblickte. Da sprang ich ab und purzelte auf deinen Rücken, aus dem ich mir nun ein prächtiges Stück Haut für einen neuen Riemen herausschneiden will." „Da lügst du nun wirklich!", rief der Drache. „Du hast gesprochen! Schnell her mit dem Riemen aus deinem Rücken."

Der Drache merkte, dass er die Wette verloren hatte und bot dem Müllersohn seinen Rücken. Der schnitt vom Schwanzende her fein säuberlich einen Streifen aus dem Rücken des Drachen und erblickte in dessen Magen seine Brüder. Stracks befreite sie der Müllersohn und kehrte mit ihnen wohlbehalten in die Mühle zurück.

Fortan verrichteten sie ihr Tagewerk gemeinsam. Der Ashdacha aber schämte sich seiner Niederlage und verließ die Quelle. Er wurde fürderhin nicht mehr in dieser Gegend gesehen.

(Märchen aus Dagestan)

Momotaro, der Pfisichjunge

Vor langen, langen Jahren lebte in einem Dorfe ein altes Ehepaar. Trotz ihrer Armut hätten die beiden alten Leute recht zufrieden leben können, wenn sie nur Kinder gehabt hätten. Aber die fehlten ihnen, und so sehr sie sich diese auch Zeit ihres Lebens gewünscht hatten, war ihnen doch dieser Wunsch versagt geblieben. So verbrachten sie ihre Tage einsam und allein und grämten sich oft so sehr, dass selbst die Nachbarn ihren Kummer teilten und sie nach Kräften zu trösten suchten.

Da begab es sich eines Tages, dass das alte Mütterchen aus der Hütte heraustrat und zum Fluss hinabging. Die Sonne schien hell und der breite Strom trieb das klare Wasser rauschend über die Steine. Mütterchen hatte ein Bündel schmutziger Kleider mitgebracht und emsig ging sie an das Waschen der Kleider. Sie war ganz vertieft in ihre Arbeit und achtete auf nichts weiter, als plötzlich auf dem Wasser ein großer schöner Pfirsich gerade auf sie zu geschwommen kam. Freudig griff sie danach.

Ach, selten gab es wohl eine so herrliche, schöne und reife Frucht wie diese. Sie war dick und rund, und strahlte rosig in der Sonne. Nun denkt ihr wohl, das alte Mütterchen hätte sogleich den schönen Pfirsich gegessen? Nein, das tat sie nicht, sie legte ihn beiseite und dachte sogleich an ihren Mann zu Hause. Der sollte auch davon etwas bekommen! Und als die Arbeit beendet war, ging sie heim und gab dem alten Mann den Pfirsich. Er freute sich nicht wenig über den schönen Fund, holte ein Messer und schnitt die Frucht vorsichtig in zwei gleiche Teile. Und was geschah nun? Zu dem größten Erstaunen der beiden Alten sprang ein wunderhübsches, munteres Knäblein daraus hervor. Das war eine Freude, so groß, dass sie nicht zu beschreiben ist. Nun hatten die alten einsamen Leute plötzlich einen Sohn, den sie sich so lange gewünscht hatten, und sie dankten den Göttern inbrünstig für die unverhoffte Gnade. Zur Erinnerung an das Wunder seiner Geburt nannten sie ihn Momotaro, das heißt Pfirsichjunge. Sorgfältig zogen sie ihn auf und er wurde ein schöner Jüngling, begabt mit allen Tugenden eines guten Menschen, die Stütze und der Stab ihres Alters. Momotaro liebte seine guten Eltern ebenso sehr, als diese ihn liebten. Er war ihnen so dankbar, dass er Tag und Nacht daran dachte, ihnen alle ihre Liebe und Aufopferung zu vergelten, sie recht glücklich zu machen und vor allen Dingen ihre ärmlichen Verhältnisse in bessere zu verwandeln. Er grübelte fortwährend darüber, wie er es wohl anfangen sollte, Reichtümer für seine Eltern zu erwerben.

Er nahm sich vor, eine Wallfahrt zu berühmten Tempeln anzutreten, um sich dort Rat zu holen. Doch noch bevor er diesen Entschluss ausführte, hatte er einen so lebhaften Traum, dass er sich nur danach zu richten beschloss und alle anderen Pläne aufgab.

Nahe bei seinem Wohnort nämlich lag eine Insel im Meer, welche niemand betrat, denn dieselbe war ausschließlich von bösen Geistern bewohnt. In Japan heißen solche bösen Geister Oni, weshalb auch diese gefürchtete Insel Onigaschima, Insel der bösen Geister, genannt wurde. Nun ging die Sage, dass die Oni, welche dort hausten, in ihren Höhlen ungeheure Schätze aufgehäuft hätten, die sie streng bewachten, und der Geist, der dort Wache hielt, hieß Monban. Momotaro hatte nun geträumt, er sei nach dieser Insel gefahren, hätte alle die bösen Geister besiegt und ihre Schätze erobert. Was aber die Hauptsache war und ihn in der Absicht bestärkte, die Fahrt nach Onigaschima zu wagen, war der Götter Gunst, denn in seinem Traum hatten sie ihm allerlei Tiere geschickt, die ihm halfen, alle Gefahren zu bestehen und den Sieg zu erringen.

Das erste, was Momotaro nun tat, war, dass er sich in der Kunst übte, Waffen zu führen und eine besonders schwere Keule zu schwingen. Dann ging er zu seinen Eltern und sagte ihnen, was er zu tun beschlossen hätte. Ganz bestürzt hörten sie ihn an und waren tief betrübt, dass sie ihren lieben Jungen verlieren sollten. Sie baten ihn, sein Vorhaben aufzugeben und weinten, wenn sie daran dachten, wie furchtbar die Gefahren wären, denen er entgegen ging. Aber Momotaro bestand dennoch darauf, sein Abenteuer zu wagen. Er erzählte von dem Traum, der ihm die Hilfe der Götter versprach. Da gaben sie ihre Einwilligung. Die Götter, das war ihr Trost, würden dem Sohne, den sie ihnen auf so wunderbare Weise geschenkt hatten, auch ihren Schutz nicht versagen.

Momotaro rüstete sich also zum Abschied und seine Eltern bereiteten eine Menge köstlicher Klöße aus Hirse, die sie ihm auf seine Reise mitgaben, damit er seinen Hunger stillen könnte. Momotaro sagte seinen Eltern Lebewohl und ging davon.

Wohlgemut zog er seines Weges, als ihm ein Hund entgegenlief. Zutraulich wedelte dieser mit dem Schwanz und sprang bellend an Momotaro in die Höhe, als dieser ihn freundlich anlächelte. „Lass mich mit dir ziehen“, sprach der Hund, „ich will dir nützlich sein auf deiner Reise und dir treu dienen, wenn du mir etliche von deinen schönen Klößen abgeben willst.“ Momotaro erfüllte diesen Wunsch sofort. Er gab ihm einige Klöße und ließ ihn neben sich herlaufen. Nicht lange waren sie zusammen gewandert, da begegnete ihnen ein Affe, der sie freundlich grüßte und Momotaro fragte, wohin er mit all seinen vielen Waffen reisen wolle. Dieser erwiderte, dass er gegen die Insel der bösen Geister ausziehen und ihre Schätze erobern wolle, um sie seinen Eltern als Lohn für alle Wohltaten zu bringen. „Dann will ich mit dir ziehen und dir helfen“, sagte der Affe, „du wirst mir gewiss dafür auch gern etwas von deinen schönen Klößen schenken, nicht wahr?“ – „Gewiss, die sollst du haben“, entgegnete Momotaro und gab ihm in voller Freude eine große Portion. Als der Affe sie aß, schmeckten sie ihm so gut, dass er seinen Freund, den Fasan, herbeirief, der davon kosten musste. Der Fasan flog herbei und labte sich an der köstlichen Speise. Als er hörte, wohin die Reise gehe, bat er Momotaro, auch ihn mitzunehmen; er wolle ihm vereint mit seinem Freund, dem Affen, und mit dem Hunde beistehen, die schreckliche Insel zu erobern. Momotaro war es zufrieden und so zogen sie alle vier getrost und mutig dem Strand entgegen. Als sie denselben erreicht hatten, sahen sie zwar ein Boot, das sie hinüber zur Insel bringen könnte, aber es lag weit im tiefen Wasser und war an einen Pfahl gebunden. Was war zu tun? Momotaro überlegte vergebens. Da aber wusste der Affe Rat. Er sagte zu dem Hund: „Du kannst ja schwimmen! Also rasch, begib dich ins Wasser; ich springe auf deinen Rücken, du trägst mich zu dem Kahn, und wir holen ihn zusammen hierher ans Ufer.“ Gesagt, getan. Der Hund trug den Affen auf seinem Rücken durch das Wasser zum Kahn, der Affe löste das Tau und gab es dem Hund ins Maul. Freudig und stolz schwamm der Hund zurück ans Ufer und brachte so den Kahn ans Land. Nun stiegen sie alle ein, nur der Fasan flog voran zu der Insel hinüber, um einen guten und sicheren Platz auszukundschaften, wo sie unbemerkt landen könnten. Die bösen Geister durften sie und vor allen Dingen den Kahn nicht sehen; denn wie hätten sie ohne diesen, wenn sie die Schätze eroberten, dieselben fortschaffen wollen? Momotaro lobte den Fasan für seine Vorsicht und ließ ihn voran fliegen. Dank seiner umsichtigen Führung konnten sie ungesehen und gefahrlos landen, und der Fasan brachte sie auch gleich zum Eingang der großen Höhle, die er ausgekundschaftet hatte.

Momotaro schlug mit seiner Keule gegen die eiserne Pforte der Höhle, aber es kam keine Antwort. Ungeduldig und zornig zerschmetterte er die Tür und trat ein. Aber wie staunte er über den Anblick! Er hatte erwartet, an einen finsteren, grausigen Ort zu gelangen. Nun aber fand er das Gegenteil. Es war ein prächtiger, heller und glitzernder Palast. Hier sollte das Oberhaupt der bösen Geister hausen? Momotaro war ganz verwirrt, doch seine Begleiter ließen sich nicht irremachen und brachten auch ihn bald wieder zur Besinnung. Der Fasan flog abermals voraus, weit in den Palast hinein, der Affe kletterte auf das Dach, der Hund kroch unter den Fußboden, um zu sehen, wo wohl die Schätze versteckt wären. Affe und Fasan waren aber auch nicht müßig und alle drei kehrten bald zu ihrem Herrn mit guter Botschaft zurück. Momotaro, von allem unterrichtet, schritt geradewegs auf das Zimmer des Oberhauptes der bösen Geister zu. Da unzählige kleine Kobolde ihn hindern wollten, schlug er so kräftig um sich und bläute sie so wacker durch, dass sie schleunigst die Flucht ergriffen. Nun brach Momotaro ohne Zögern in das Gemach des Obersten der bösen Geister ein. Der gräuliche Oni wurde sehr zornig, als er ihn sah. Er rief seine Dienerschar und befahl ihr, ihm zu helfen. Doch es ließ sich niemand sehen und Momotaro schlug kräftig auf ihn ein. Der Affe aber, der wohl einsah, dass der große Geist stärker war als Momotaro, sprang ihm flugs auf den Rücken und hielt ihm die Augen zu, so dass er seinen Gegner nicht sehen konnte. Der Hund war auch nicht faul, sondern biss den bösen Oni tüchtig in die Beine, während der Fasan draußen die anderen Geister fernhielt und jedem, der sich in die Nähe wagte, die Augen auspickte. So geschah es, dass der arg bedrängte große Oni bald um sein Leben bat. Momotaro versprach, ihn zu schonen, wenn er ihm alle kostbaren Schätze der ganzen Insel geben wolle. Das versprach der böse Geist und gab sie sofort heraus. Die Diener, obgleich vom Fasan des Augenlichts beraubt, mussten alle Schätze in den Kahn schleppen, und als sie damit fertig waren, schiffte sich der junge Held mit seinen drei Gefährten vergnügt und froh ein.

Die Reise verlief glücklich und als sie zuhause anlangten, da war die Freude der Eltern Momotaros über die Maßen groß. Am größten war sie darüber, dass sie ihren geliebten Sohn glücklich und gesund wiedersahen. Doch sie waren auch sehr zufrieden, dass er so reiche und kostbare Schätze von der Insel der bösen Geister mitgebracht hatte. Da war Gold und Silber in Fülle, köstliches Gestein und Gewänder, aber auch zauberhafte Dinge. So waren da ein Mantel und ein Hut, die jeden, der sie trug, unsichtbar machten. Nun konnten sie alle ohne Sorge leben und Momotaros Ruhm zog durch die ganze Welt.

Das alte Ehepaar gab auch den anderen Dorfbewohnern von den Schätzen ab, und so blieb nun nichts mehr zu wünschen übrig. Sie verlebten alle miteinander noch viele glückliche Tage. Momotaro aber hielt den Hund, den Affen und den Fasan hoch in Ehren. Sie blieben seine Freunde bis an sein Lebensende.

(Märchen aus Japan)

Der Junge und der Riese Kuri kuri Kululu

Vor langer, langer Zeit gab es in einem fernen Land, wo die Sonne aufgeht, ein Dorf, das hieß das Steindorf. Wie es zu diesem Namen kam, fragt ihr? Nun, das ganze Dorf war übersät mit Steinen, so groß wie ausgewachsene Stiere. Auch auf den nahegelegenen Feldern, ja bis zu den weit entfernten Bergen, sah man solche mächtigen Brocken liegen. Die Menschen in dem Steindorf liefen mit traurigen Gesichtern umher, blickten auf den Boden und wagten es nicht, in die Sonne oder den Mond oder in die Sterne zu schauen. Warum? Sie fürchteten sich. Vor wem, fragt ihr? Vor Kuri kuri Kululu, dem Riesen, der in einer Höhle in den Bergen wohnte. Seine Blicke waren tödlich. Wen immer er anschaute, der wurde zu Stein. Aber nicht nur davor fürchteten sich die Menschen. Der Riese aß nichts lieber als Menschenfleisch. Wen er erwischte, den verschlang er sofort. Deshalb wagte sich bei Dunkelheit keiner der Dorfbewohner aus dem Haus. Sie alle verriegelten ihre Türen und schlossen die Fenster so fest, dass nicht der kleinste Lichtstrahl nach draußen drang.

Ängstlich kauerten sie in ihren Hütten und horchten, ob sich der Riese dem Dorf näherte. Seine Stimme dröhnte weit über die Felder: „Kuri kuri kululu, wenn ich morgens esse, habe ich abends Hunger, Kuri kuri kululu. Wo seid ihr? Ich habe Hunger!“

Eines Tages, als es dunkel geworden war, lief ein Junge die Dorfstraße entlang. Es war der Sohn des Dorfvorstehers. Er hatte mit seinen Freunden gespielt und vergessen, rechtzeitig nach Hause zu kommen. Als er die Stimme des Menschenfressers hörte, die wie ein Donner über die Dächer schallte, rannte er los. Er lief und lief und lief so schnell er konnte, aber es war zu spät. Mit seinen Riesenschritten hatte ihn das Ungeheuer eingeholt, packte ihn, warf ihn über die Schulter und brachte ihn in seine Höhle.

Noch bevor das Ungetüm hinter den Bergen verschwunden war, sah der Dorfvorsteher, was geschehen war. Er rief alle Einwohner des Dorfes zusammen und sagte: „Ich folge ihm! Ich werde meinen Sohn zurückholen!“ Doch die Umstehenden hielten ihn fest und sagten: „Was willst du tun? Er wird auch dich fressen! Bleibe bei uns, rette dein eigenes Leben!“ Der Dorfvorsteher riss sich von den Händen, die ihn festhalten wollten, los und rannte dem Menschenfresser nach. Ihr könnt euch denken, was geschah: Auch er kehrte nicht zurück.

In dem Dorf wohnte ein Junge. Sein Name war Zinan. Als er gesehen hatte, was dem Dorfvorsteher und seinem Sohn geschehen war, rief er die Dorfbewohner aus ihren Häusern und sprach: „Wie lange wollen wir noch zusehen, wie einer nach dem anderen von diesem Riesen verschleppt und verspeist oder versteinert wird? Ich dulde es nicht länger! Ich gehe zu ihm und werde mit ihm kämpfen!“ Die Umstehenden starrten Zinan an und wollten ihren Ohren nicht trauen. Hatte er den Verstand verloren? Er war ein kleiner Junge, das Ungeheuer aber so groß wie ein Berg! Wie wollte er mit diesem Monster kämpfen? Wie wollte er sich vor den Blitzen aus dessen Augen schützen, die ihn unweigerlich in Stein verwandeln würden?

Aber Zinan ließ sich nicht beirren. Er steckte eine Handvoll Nähnadeln, ein Päckchen Salz, ein Fläschchen Öl und ein Feuerzeug in seine Hosentasche. Als es dunkel wurde, hörte er die Stimme des Menschenfressers: „Kuri kuri kululu, wenn ich morgens esse, habe ich abends Hunger. Kuri kuri kululu, ich habe Hunger, Kuri kuri kululu!“ Zinan versteckte sich rasch hinter einem Haus und rief leise: „Hier bin ich, such mich doch!“ „Wo bist du?“, dröhnte der Menschenfresser. „Hier bin ich. Ich hab‘ Angst vor dir. Frisst du mich auf?“ Das Ungeheuer streckte seine Hand aus, fasste Zinan am Kragen und wollte ihn in sein riesiges Maul stecken. Dann aber besann er sich. „Ich werde in meine Höhle gehen. Dort werde ich ihn Stück für Stück verspeisen.“ Er warf Zinan über seine Schulter und machte sich auf in die Berge.

In der Höhle angekommen, warf er Zinan auf den Boden und brüllte: „Ha, so ein junges, zartes Fleisch! Was für ein leckeres Abendbrot!“ „Oh, lieber Riese, ich bin viel zu groß für dich! Ich passe nicht in deinen Mund!“ „Waaaaas, du wagst es, mich zu beleidigen?“ Der Menschenfresser riss sein riesiges Maul auf. „Oh“, rief Zinan, „deine Zähne sind ja ganz schmutzig und stumpf. Wie willst du mich damit zermalmen?“ „Waaaas?“ schrie der Unhold. „Ich kann deine Zähne schärfen!“, entgegnete Zinan, „mach deinen Mund weit auf!“ Der Riese kniff den Mund noch fester zu, dann aber riss er ihn auf. Das Maul war so groß wie ein Scheunentor. Zinan griff in seine Hosentasche, holte das Bündel Nähnadeln heraus und warf es dem Riesen ins Maul. Der brüllte auf vor Schmerz, dass die Decke der Höhle einzustürzen drohte. Zinan griff wieder in seine Hosentasche, nahm das Salz heraus und warf es dem Ungeheuer in die Augen. Der Menschenfresser war geblendet, er sah nichts mehr, taumelte in der Höhle umher und wollte mit seinen riesigen Händen den Jungen packen. Der aber nahm das Feuerzeug und das Fläschchen mit dem Öl, schüttete es auf den Boden der Höhle, zündete es an und rannte hinaus. Die Flammen schlugen bis an die Decke des Felsen, der Riese taumelte in dem Flammenmeer umher, rutschte aus, kam nicht wieder auf die Füße und musste elendiglich verbrennen.

Als Zinan aus der Höhle rannte, ging gerade die Sonne auf. Da sah er, dass zwei Steine, die am Eingang der Höhle lagen, in einem hellen Licht erstrahlten. Er starrte sie an und konnte nicht glauben, was da vor seinen Augen geschah: Die Steine verwandelten sich und vor ihm standen der Dorfvorsteher und sein Sohn. Sie schlossen einander in die Arme, weinend vor Glück. Als sie zum Dorf zurückgingen, sahen sie, wie sich Stein für Stein verwandelte. Alle Menschen, die der Riese zu Steinen gemacht hatte, wurden wieder lebendig.

Nun, ihr könnt euch denken, was für ein Fest die Bewohner des Dorfes feierten! Es dauerte 40 Tage und 40 Nächte. Zinan aber, ihr Retter, bekam einen Ehrenplatz an der langen Tafel.

Viele Jahre später, als der Dorfvorsteher starb, übernahm Zinan dieses Amt. Das klügste Mädchen des Dorfes wählte er zu seiner Braut. Man sagt, dass er gütig und weise die Geschicke der Menschen lenkte. Sie alle vertrauten ihm, und er vertraute ihnen.

(Märchen aus Saudi-Arabien)

Wie das Mädchen die Sonne befreite

Vor langer Zeit wollte der Winter nicht weichen. Das Meer war zugefroren, und die Menschen konnten nicht zur Jagd gehen. Schneestürme fegten über die Erde und die Rentiere fanden kein Futter. Sehnsüchtig und hungrig warteten die Mensch auf den Frühling.

Die Sonne war verschwunden. Sie konnte sich nicht zeigen, denn Welwimtilyn, der Rabe, hatte sie verschluckt.

Zu jener Zeit lebte ein Jäger, Ememkut. Er hatte zwei Töchter, Klükenewyt und Inianawyt. „Klükenewyt, geh zum Raben und bringe ihn mir her, ich will mit ihm reden", sagte der Vater. Seine Tochter setzte sich auf den Schlitten und fuhr zum Haus des Raben. Lange war sie unterwegs. Der Schneesturm riss an ihren Kleidern und machte ihre Augen fast blind. Dann endlich hatte sie das Haus des Raben erreicht.

Die Frau des Raben sah sie kommen. „Steh auf", rief sie dem Raben zu, „du bekommst Besuch!" „Wer kommt?", fragte der Rabe. „Klükenewyt, die Tochter des Ememkut." „M-m-m!", brummte der Rabe, „schick sie wieder fort."

Als sie unverrichteter Dinge nach Haus kam, rief der Vater seine zweite Tochter Inianawyt: „Kämm dich und ziehe deine schönsten Kleider an, dann geh zum Raben und bitte ihn herzukommen." Auch die zweite Tochter kämpfte sich durch den eisigen Sturm. Ihre Hände waren so klamm, dass sie sich kaum noch an dem Schlitten festklammern konnte. Ihre Tränen wurden zu Eiskristallen und fielen wie Perlen in die Schneewehen.

Als die Frau des Raben sie kommen sah, rief sie: „Nun steh auf, Rabe, du bekommst Besuch!" „Wer kommt denn?" „Es ist Inianawyt", sagte die Frau. Da stand der Rabe Welwimtilyn auf, und als er das Mädchen sah, öffnete er seinen Schnabel und lachte und lachte und lachte vor Freude.

Da schlüpfte die Sonne aus dem Mund des Raben. Kaum war sie wieder frei, stieg sie zum Himmel hinauf.Der Himmel klarte auf, es wurde heller. Der Schneesturm hörte auf zu toben, es wurde wärmer. Das Eis schmolz, und die Menschen konnten wieder auf die Jagd gehen, und auch die Rentiere fanden Futter. Das Mädchen Inianawyt aber kehrte glücklich wieder nach Hause zurück.

(Märchen der Korjaken)

Der kleine Recke Nauscha

Vor vielen, vielen Jahren lebte in Kasachstan ein Junge mit Namen Nauscha. Seine Eltern waren früh gestorben und so streifte er allein durch die Steppe. In der einen Jurte bat er um ein wenig Kumys, in der anderen um ein Stückchen Fleisch, in der dritten um ein Plätzchen für die Nacht.

Eines Tages, als er mit kleinen Steinen am Ufer eines Flusses spielte, sah ihn ein Bey. Der Bey fragte ihn nach seinem Namen und seinem Stamm. Der Junge gefiel ihm, und als er vernahm, dass Nauscha keine Eltern mehr hatte, nahm er ihn mit zu sich in seinen Stamm und machte ihn zu seinem Sohn.

Der Bey war sehr reich. Pferde hatte er allein einige hundert, und zahllos war das Vieh in seinen Herden. Von Zeit zu Zeit überfielen Diebe seine Herden und trieben das Vieh fort. Meisten stahlen sie Pferde. Das betrübte den kleinen Nauscha sehr, und eines Tages bat er seinen Ziehvater: „Vater, erlaube mir, die Pferde zu bewachen. Ich brauche niemanden dazu. Mit den Dieben werde ich allein fertig."

Der Bey schaute ihn voller Sorge an und sagte: „Mein Sohn, du glaubst doch nicht, erfahrene Viehdiebe überwältigen zu können? Die töten sogar erwachsene Männer! Wie willst du, ein Kind, mit ihnen fertig werden!" Nauscha ließ jedoch nicht locker und schließlich gab der Bey nach.

Nauscha verschaffte sich eine aus zwölf Riemen geflochtene Peitsche mit einem langen, dicken Stiel. Außerdem nahm er sich aus der Herde den besten Traber mit. Er stieg auf das Pferd, band eine kleine Axt an den Sattel und galoppierte los.

Vorsichtig, beinahe lautlos, ritt er um die Herden herum, lauschte auf jedes Geräusch in der Dunkelheit. Es war eine finstere, unheimliche Nacht. Plötzlich bemerkte der Knabe, dass die Pferde unruhig wurden und scheuten. Nauscha ritt zu der Stelle, wo das Schnauben und Trampeln der Tiere am lautesten war. Im schwachen Licht der dunklen Nacht erkannte er, dass drei Diebe gerade dabei waren, ihren Sattel auf die drei besten Pferde zu werfen und ihnen das Zaumzeug anzulegen. Nauscha schrie sie an, aber die drei Diebe sahen ihn nur von oben herab an und trieben die Pferde hinaus in die Steppe. Nauscha galoppierte ihnen weinend nach. „Brüder, Freunde, treibt meine Pferde nicht fort! Vergeht euch nicht an mir, nur weil ich klein bin!" Ein höhnisches Gelächter war die Antwort.

Der kleine Nauscha wurde wütend. Er galoppierte los, holte zwei der Diebe ein und warf sie mit einem mächtigen Peitschenhieb aus dem Sattel. Der dritte Dieb wollte entkommen, aber der Knabe holte ihn ein und warf auch ihn aus dem Sattel. Dann trieb er die Herde wieder zusammen, fing die Pferde der Diebe ein und machte sich auf den Heimweg. Die Diebe hatte er mit einem Seil gefesselt und an seinem Pferd festgebunden.

Die Bewohner des Dorfes jubelten Nauscha begeistert zu. Der Bey aber war überglücklich und bereitete zu Ehren des kleinen Helden ein reiches Festmahl. Von diesem Tag an wurden dem Bey oder einem Bewohner des Dorfes niemals wieder ein Pferd gestohlen.

Es vergingen einige Jahre, und Nauscha bekam Sehnsucht nach seiner Heimat und dem Stamm seiner Eltern. Er bat den Bey um Erlaubnis, dorthin zurückzukehren. Lange zögerte der Bey, sich von dem tapferen Jüngling zu trennen. Aber er wusste, wenn Nauscha in seine Heimat zurückkehren wollte, dann wird er es tun. So wäre es besser, sich in Freundschaft zu trennen und ihm seinen Segen zu geben.

Der Bey gab sein Einverständnis und wollte Nauscha mit Pferden beschenken, damit er immer an seinen Ziehvater dachte. Aber Nauscha bat nur um zwei Kamele zum Tragen seiner Habe, um zwei Kühe und zwei Diener. Von den Pferden wollte er nur ein einziges aus der Herde seines Vaters mitnehmen. „Nimm dir den besten Traber!“ sagte der Vater. Nauscha erwiderte: „Vater, ich möchte vor der Reise schlafen. In der Nacht wird ein Pferd zu mir kommen und mich von allen Seiten beschnuppern. Merke dir dieses Pferd gut, denn dieses Pferd und kein anderes soll mir gehören.“

Nauscha legte sich ins Gras und schlief ein. Der Bey blieb auf seinem Pferd sitzen. Um Mitternacht näherte sich eine graue, räudige dreijährige Stute. Sie beschnupperte den Jüngling von allen Seiten und rührte sich bis zum Morgen nicht von der Stelle. Als Nauscha aufwachte, sagte er: „Dies ist meine Stute.“ „Was willst du denn mit so einem erbärmlichen Tier! Jedes andere Pferd ist besser!“ „Nein, Vater, diese graue Stute kenne ich, seit sie ein Fohlen war. Ein anderes Pferd will ich nicht.“

Der Bey bereitete alle Geschenke für Nauscha vor und begleitete ihn dann bis an den Ural und segnete ihn zum Abschied. Zum ersten Mal sah man Tränen in seinen Augen.

Als Nauscha in seine Heimat kam, sah er, dass die Landsleute in großer Not waren. In dem Gebirge an der Westgrenze hatte sich ein Drache eingenistet, und der verschlang alles, was sich in die Nähe der Felsen wagte – Menschen und Tiere. Die Bewohner der Dörfer überlegten schon, von den Weiden fortzuziehen. Als Nauscha dies hörte, versprach er ihnen, sie von dem Ungeheuer zu befreien. Er nahm einen Säbel und machte sich auf ins Gebirge.

Kaum hatte der Drache den Jüngling erblickt, stürzte er sich auf ihn. Peitschend fuhr der Schwanz des Drachen durch die Luft. Eine riesige Staubwolke verhüllte die Gebirgswand. Weder der Drache noch Nauscha waren zu sehen, nur ein schreckliches Getöse war zu hören. Dann wurde es still und Nauscha trat aus der Staubwolke. Schritt für Schritt kam er taumelnd auf die Staunenden zu. Zwei starke Männer fassten ihn unter die Arme. Als er sich ein wenig erholt hatte, sagte er: „Ich habe dem Drachen den Kopf abgeschlagen. Aber mit seinem Schwanz hat er mir einen solchen Schlag versetzt, dass ich die Besinnung verlor. Der Schwanz war so schwer, dass ich nur mit großer Mühe darunter hervorkriechen konnte. Sagt allen Leuten, sie können hierbleiben. Die Gefahr ist gebannt. Der Drache ist tot!"

Aber noch während Nauscha von seinen Verwundungen genas, kam ein neues, viel größeres Unheil auf die Menschen zu. Im benachbarten Stamm lebte ein Krieger mit dem Namen Silybaj.

Silybaj war baumlang und so stark, dass er weit und breit keine Gegner hatte. Er war aber auch maßlos hochmütig und eingebildet. Die vielen Lobreden, die er über diesen Winzling im Nachbarstamm gehört hatte, machten ihn wütend und nährten seinen Hass. Diesen Kauz wollte er für immer zum Schweigen bringen.

Als Nauscha hörte, dass Silybaj mit ihm kämpfen wolle, griff er nach seinen Waffen. Aber die Menschen in beiden Stämmen achteten ihre Helden. Sie überlegten fieberhaft, wie sie die beiden versöhnen könnten. Endlich schlugen die beiden Stammesältesten vor, ein Festmahl zu bereiten und die beiden Helden gemeinsam einzuladen. Bei dieser Begegnung würden die beiden wohl zunächst in einem Kampf ihre Kräfte messen und sich danach miteinander befreunden.

Als das Festzelt hergerichtet war und in allem Glanz erstrahlte, erschien als erster Silybaj. Nachdem er die beiden Stammesältesten kurz begrüßt hatte, legte er sich in seiner ganzen Länge auf die Matten, die den Boden bedeckten. Nun trat Nauscha herein. Die Würdenträger schauten zu Silybaj herunter: „Euer jüngerer Bruder Nauscha möchte Ihnen seinen Gruß darbringen." Silybaj aber hob nur ein wenig den Kopf und sprach: „Die Kasachen können oft einen echten Krieger nicht von einem gewöhnlichen Bürschlein unterscheiden. Dieser da sieht gar nicht wie ein Mensch aus. So einem soll ich die Hand geben?"

„Silybaj, glaubst du nicht, dass du zu viel von dir hältst?", rief Nauscha. „Ich will kein Krieger sein, wenn im nächsten Frühling mehr als ein nasser Fleck von dir übrigbleibt!" Und er stürmte aus dem Zelt, sprang auf seine graue Stute, rief seine Gefährten herbei und bald sah man in der Ferne nur noch eine Staubwolke.

Die Tage vergingen. Der Winter löste den Sommer ab, und als er sich ausgetobt hatte, kam der Frühling. In diesem Frühling überschritt Silybaj mit seinen Kriegern den Ural, überfiel den großen Bajul-Stamm und brachte den Menschen Hunger und Elend.

Als Nauscha von diesem Unglück hörte, rief er seine Gefährten zusammen und jagte dem Feind entgegen. „Schau an, was da für ein unverschämter Bursch kommt!“, rief Silybaj. Er saß in seinem weißen Prachtgewand auf einer weißen Stute, den Säbel mit einem weißen Fähnchen in der Rechten. „Sollte mich Silybaj überwältigen, kehrt unverzüglich um“, rief Nauscha seinen Kampfgefährten zu. „Sollte aber ich Silybaj besiegen, dann vertreibt seine Leute aus dem Lande!“

Silybaj ritt auf Nauscha zu und sein Säbel zischte durch die Luft. Doch Nauscha wich ihm aus und ritt davon. Silybaj jagte ihm nach. Die Pferde waren schneller als ein Blitz. Als Silybaj Nauscha einholte, riss Nauscha sein Pferd herum, schlug Silybaj den Säbel aus der Hand und durchbohrte mit seiner Lanze die Schläfe des Gegners.

Silybaj stürzte tot zu Boden.

Als seine Krieger sahen, was mit ihrem Anführer geschehen war, ergriffen sie die Flucht. Nauscha und seine Krieger verfolgte sie nicht. Sie trieben das Vieh zusammen, das Silybaj gestohlen hatte, und kehrten nach Hause zurück. Nauscha blieb bei ihnen, und niemals wieder wagte sich ein Herrscher, sein Volk mit Krieg zu überziehen.

(Märchen aus Kasachstan)

Der Junge und das Ungeheuer Kholomodumo

Vor langer, langer Zeit lebte ein riesiges Ungeheuer. Sein Schwanz reichte von einem Ende der Erde bis zum anderen und mit seiner Zunge leckte es an den Wolken des Himmels. Sein Rachen war so groß, dass es einen riesigen Ochsenkarren auf einmal verschlucken konnte. Sein Leib war bedeckt mit Schuppen, die in der Sonne schillerten und glitzerten.

Das Scheusal hieß Kholomodumo. Es packte mit seiner Zunge Tiere und Menschen, schleuderte sie in die Luft, fing sie auf und verschlang sie auf einen Schlag. So hatte es auch alle Menschen vernichtet. Die Dörfer waren zerstört, in den Ruinen krochen Schlangen umher, und Aasvögel nährten sich von den toten Resten der Tiere.

Nur eine Frau war noch am Leben. Sie war in den Wald geeilt, um sich dort zu verstecken. Kholomodumo war so vollgefressen, dass er nicht zwischen den Bäumen hindurch kam. So war sie in Sicherheit.

Die Frau war schwanger. Als das Kind das Licht der Welt erblickte, sagte die Frau voller Staunen: „Das ist kein gewöhnlicher Junge. Das ist ein Wunderkind!" Der Junge konnte vom ersten Tag an sprechen. Er wuchs schnell heran und verblüffte seine Mutter wieder und wieder mit seinem Verstand und dem Mut, mit dem er im Wald umherstreifte. Er schmiedete sich aus Eisen allerlei Werkzeug, so auch starke Speere und ein zweischneidiges, blitzendes Messer. Damit beschützte er seine Mutter, kämpfte gegen Löwen und sorgte stets für ausreichende Nahrung.

Er fürchtete sich vor nichts. Er strich durch die Wälder, und eines Tages sah er vor sich die Ruinen der Dörfer. Er lief zu seiner Mutter und fragte, was dort geschehen sei. Da erzählte sie ihm von dem Unglück, das über die Erde gekommen war. Sie warnte ihn, stets vor Kholomodumo auf der Hut zu sein und ihm nicht zu nahe zu kommen. Doch der Knabe brannte vor Begierde, mit dem Ungeheuer zu kämpfen. Die Mutter beschwor ihn, bei ihr in Sicherheit zu bleiben, aber der Junge griff nach den Speeren und dem Messer und zog los.

Eines Tages stolperte er über ein dickes, schwarzes Etwas. Er schaute, was da auf dem Weg lag - viele Meter lang. Es war die gefürchtete Zunge des Ungeheuers. Blitzschnell packte er sein Messer und schnitt die Zunge mitten entzwei. Nun konnte ihn das Ungeheuer nicht mehr mit seiner Zunge packen. Der Junge schnappte seine Waffen und lief an der Zunge entlang, bis er vor dem riesigen Leib Kholomodumos stand.

Er war groß wie ein Berg und schnappte mit aufgerissenem Maul nach dem Jungen. Der aber sprang zu Seite und stieß dem Ungeheuer seinen Speer in das linke Auge. Das Ungeheuer bäumte sich auf, da aber sein Bauch so vollgefressen und schwer war, konnte es sich kaum bewegen. Da stieß der Junge seinen Speer in das rechte Auge. Nun war das Ungeheuer blind. Der Junge stach in den Kopf des Untiers hinein, wieder und wieder, bis der Tod den Rachen des Ungeheuers schloss. Nun betastete er den Bauch, um nach weichen Stellen zu suchen, die er aufschneiden wollte. Schließlich stieß er in die Schuppenhaut hinein. Da hörte er ein Rind vor Schmerzen brüllen. Er stach an einer anderen Stelle zu, da hörte er einen Hund jaulen. Er versuchte es an einer dritten Stelle, da schrie ein Mensch: „Lass das, du verwundest mich!" Da war er ratlos und wusste nicht, was er machen sollte. Aber dann dachte er: ‚Wenn ich euch auch ein wenig verwunde, so will ich euch doch trotzdem retten'.

Vorsichtig schnitt er den Bauch in seiner ganzen Länge auf. Und da purzelten sie alle heraus – die Menschen und die Tiere. Sie liefen dorthin, wo sie ihre verwüsteten Häuser fanden. Sie bauten die Dörfer wieder auf, und auch der Junge zog mit seiner Mutter zu den Menschen, die er gerettet hatte.

Eines Tages hielten die Menschen eine große Ratsversammlung ab. Die einen sagten: „Lasst uns den Knaben zu unserem König wählen." Die anderen aber entgegneten: „Er hat uns mit seinem großen Messer so stark verwundet! Er ist kein Mensch, er ist ein Hexenmeister! Auf, lasst uns ihn töten!"

Die mordgierigen Männer gewannen die Oberhand, fielen über den Jungen her und schlugen ihn tot.

Doch als er starb, verließ er die Erde und ging zu den Göttern. Dort wurde er König.

(Märchen aus Botswana)

Der Bursche, der den Regengott besiegte

Einst war das ganze Llano ein blühendes Gartenland. Auf den Feldern gedieh der Mais, in den Gärten wuchs das Gemüse, an den Büschen hingen üppige Früchte. Überall leuchteten die Blumen, und die Bäume spendeten Schatten in der heißen Jahreszeit. Das Land war so fruchtbar, dass man dreimal im Jahr ernten konnte. Den Menschen ging es gut.

Doch dann kamen Jahre, in denen der Regengott schlecht gelaunt war, und er ließ es unaufhörlich regnen. Tag und Nacht nur dichte Wolken und Regen, Regen, Regen. Auf den Feldern ertrank die Ernte, in den höheren Regionen verfaulte der Mais auf den Feldern.

Mit Sorge und Angst sahen die Menschen auf die steigende Flut. So auch ein Vater mit seinen zwei Söhnen. Der Vater grämte sich, als er das Elend und den Hunger der Menschen sah, und so machte er sich auf den Weg zu einem alten Indio, der sich auf das Zaubern verstand. Er nahm einen Sack voll Mais und stieg in ein Boot, denn das Wasser hatte das Haus ringsherum umschlossen.

Als der Vater zu dem Alten kam, sagte er: „Höre, wenn du dich nicht auf und davon machst, wirst du ertrinken!“ Der Alte blieb stumm. „Nun“, sagte der Vater, „wir wollen gern von dir wissen, was wir tun sollen, um den Regengott zu beschwichtigen.“ Der Alte schwieg. „Höre, Alter, wenn du mir antwortest, so gebe ich dir diesen Sack Mais.“ „Hab doch Geduld! Ich denke ja schon die ganze Zeit nach“, antwortete der alte Mann. „Du musst jemanden aussenden, der dem Regengott Geschenke bringt. Am besten ein paar Hühner. Der Regengott liebt Fleisch.“ Der Vater bedankte sich und gab dem Alten den Mais. Er eilte zurück zu seinen Söhnen und sprach: „Der Regengott zürnt uns, weil wir ihm zu wenig Fleisch als Opfer gegeben haben. Macht euch auf den Weg und bringt ihm ein paar Hühner!“ Da erwiderte der Älteste: „Nun gut, Vater, ich werde zum Regengott gehen.“

Der Vater sammelte im Dorf einige Hühner, die noch nicht in den Fluten ertrunken waren, steckte sie in einen Sack und gab sie dem ältesten Sohn. Dieser machte sich auf den Weg. Lange stieg er den Berg hinauf. Nebel umhüllte ihn und nahm ihm die Sicht. Endlich sah er das Haus des Regengottes. „Bringt ihr mir endlich etwas zu essen!“, brüllte der Gott. „Zeig mal her, was du da angeschleppt hast.“ Als der Regengott die Hühner sah, rief er: „Ist das alles? Ich habe solchen Hunger, dass ich das Hundertfache hiervon verschlingen könnte! Aber da mir niemand das bringt, was ich haben will, so nehme ich es mir selbst." Und er nahm ein krummes Messer und raste auf den Jungen zu. Der aber war schnell und geschickt. Der Regengott konnte ihn nicht einholen. So schleuderte er einen Blitz auf den Jungen, der ihn am Oberschenkel verwundete. Der Junge schrie auf, aber er rannte weiter, rannte den Berg hinunter, verfolgt vom Donnergrollen des Dämons.

Am Abend erreichte er endlich sein Dorf. Das Blut rann an seinem Bein herunter und vermischte sich mit dem Wasser, das durch das Dorf brauste. Endlich hatte er das Haus seines Vaters erreicht. Als der Vater sah, was ihm geschehen war, weinte und klagte er laut. Das ganze Dorf klagte mit ihm.

Am nächsten Morgen bestieg der Vater wieder seinen Kahn, den er mit Gemüse und Mais beladen hatte, und fuhr erneut zu dem Alten. Er erzählte, was geschehen war und bat um Rat. Der Alte schwieg lange, dachte nach, streute Kräuter ins Feuer und dann sagte er: „Pass gut auf. Es gibt nur ein Mittel, den Regengott zu besiegen. Dein zweiter Sohn muss alle Gänse, die ihr noch in den Ställen habt, in einen Sack stecken und zum Regengott bringen. Er soll den Sack auf die Schwelle des Hauses legen. Dann soll er an die Tür klopfen und Reißaus nehmen. Der Regengott wird herauskommen. Vielleicht ist er zufrieden mit dem, was im Sack steckt. Es kann aber auch sein, dass er in seiner Wut noch mehr Fleisch haben will. Auch diesmal wird er einen Blitz auf den Jungen werfen. Wenn der Junge jedoch weit genug entfernt ist, wird der ihn nur verwunden. Dann soll dein Sohn einen Pfeil nehmen, ihn in die Wunde stecken, bis er voller Blut ist, und diesen Pfeil soll er auf den Regengott zurückschießen. Wenn ihm das gelingt, wird dem Regengott die Lust auf Menschenfleisch vergehen."

Der Vater bedankte sich und fuhr mit dem Boot zurück zum Dorf. Das Wasser war noch höher gestiegen. „Komm!", rief der Vater seinen zweiten Sohn, „ich werde alle Gänse einsammeln, die ich noch finde. Du musst sie zum Regengott bringen." „Aber er wird mich töten und fressen!" „Hab keine Angst", sagte der Vater, und er erzählte dem Jungen alles, was ihm der Alte geraten hatte.

Der Junge nahm den Sack mit den Gänsen, nahm Pfeil und Bogen und watete durch das Wasser. Als er den Berg zum Regengott hinauf wandere, wurde der Nebel dichter und dichter, bald sah er nicht mal mehr die Hand vor den Augen. Dann aber, als er auf der Spitze des Berges angekommen war, erspähte er das Haus des Regengottes. Leise, ganz leise schlich er sich an das Haus heran und legte behutsam den Sack vor die Tür. Dann nahm er den Bogen von den Schultern, klopfte mit dem Pfeil an die Wand des Hauses und rannte davon.

Der Regengott kam aus dem Haus, befühlte den Sack und brüllte: „Bleib stehen! Was soll mir dieses magere Federvieh! Mich gelüstet nach Menschenfleisch! Warte nur, gleich hab‘ ich dich!“, und er schoss einen Blitz auf den Jungen. Der Blitz riss eine tiefe Wunde in das linke Bein des Jungen. Der verbiss sich den Schmerz, nahm seinen Pfeil, tauchte die Spitze tief in die Wunde, bis der Pfeil voller Blut war. Der Regengott aber stürmte mit seinem krummen Messer auf den Jungen los. Der Junge spannte den Bogen und schoss den blutigen Pfeil auf den Regengott, und der stürzte zu Boden. Der Junge raste den Berg hinunter. Mit Mühe erreichte er das Dorf.

Aber was war das? Der Regen hatte aufgehört!

Was nun geschah, weiß man nicht genau. Die einen erzählen, der Regengott sei gestorben. Die anderen meinen, er sei ans Meer gezogen. In der Llano-Ebene regnete es künftig nur noch selten. Sie trocknete aus und heute erzählen nur noch die alten Geschichten davon, wie fruchtbar sie einst gewesen ist.

(Märchen aus Mexiko)

Das mächtige Kind

In einem Tal, das von hohen Bergen umgeben ist, lebte in einem Dorf ein armes Ehepaar. Sie besaßen keine eigenen Felder, nur eine kleine Hütte. Der Mann und die Frau mussten den ganzen Tag für den Gutsbesitzer arbeiten. Der Mann pflügte die Felder und die Frau versorgte das Haus, stampfte die Reiskörner und jätete die Maniokfelder. Die beiden hatten einen kleinen Sohn. Das Kind jedoch sprach nicht, es war von Geburt an stumm.

Eines Tages wurde das Reich von feindlichen Truppen überfallen. Der Feind hatte die Taleingänge bereits erobert, viele Menschen getötet und drohte nun, die Dörfer einzunehmen. Der König rief alle Männer auf, sich zu bewaffnen und sich dem Feind entgegenzustellen. Die Generäle rieten dem König, sich zu unterwerfen. Der König jedoch ließ im ganzen Land nach einem starken Heerführer suchen und versprach demjenigen, der den Feind besiegt, die Hälfte des Reiches.

Als der königliche Bote das Dorf der armen Eheleute betrat, war das Kind sieben Jahre alt, klein und mager. Als der Bote den Aufruf des Königs verkündete, sprach das Kind zum ersten Mal. „Liebe Eltern, geht zum König und sagt ihm: ‚Ich, das Kind der mit Tränen benetzten Erde, werde das Land retten‘. Aber ich muss so viel Reis zu essen bekommen, bis ich gesättigt bin. Dann brauche ich ein Streitross, siebenmal größer als ein gewöhnliches Pferd, und ein Schwert, so groß und schwer, dass sieben Männer es nicht heben können.“ Die Eltern weinten vor Freude. Ihr Kind konnte sprechen, aber was sagte es? „Nein“, riefen sie, „das geht nicht, nimm Vernunft an. Du bist noch so klein und schwach, wie willst du die feindlichen Krieger besiegen? Selbst die besten Generäle mit der großen Armee des Königs vermochten es nicht!“

Das Kind antwortete nicht, trat vor die Hütte und begann, mit Muscheln und Steinen zu spielen. So sehr die Eltern auch auf das Kind einsprachen, es blieb stumm. Die Eltern wussten nicht, was sie tun sollten. Nach längerem Beraten gingen sie schließlich zum König und erzählten, was ihr Kind gesagt hatte. Der König hörte sich verwundert den Bericht an und schließlich überredeten ihn seine Generäle, die Wünsche des Kindes zu erfüllen: „Was schadet es schon, wenn wir ihm eine Handvoll Reis geben. Auch ein Schwert soll er bekommen. Die Schmiede sollen ein gewaltiges Streitross gießen, das können wir dann dem siegreichen Feind als Geschenk überreichen, in der Hoffnung, dass er uns gegenüber gnädig sein wird. Das Kind überlassen wir ihm dann als Sklaven." Aber es zeigte sich, dass ein Handvoll Reis nicht ausreichte, den Jungen satt zu kriegen. Er aß Tag für Tag zwölf große Körbe Reis, und dabei wuchs er von Tag zu Tag. Auch seine Kraft vermehrte sich, aber auch sein Hunger. Nach einem Monat waren die Reislager am Königshof leer, aber das Kind verlangte nach mehr. Mit einer Stimme, die so laut war wie das Sommergewitter, rief es: „Hunger, ich brauche Reis!" Aus dem ganzen Land brachte man nun den Reis herbei.

Eines Tages sagte der Junge: „Genug!" Er war in der Zwischenzeit so stark geworden, dass er mit Tigern spielte wie mit kleinen Katzen und Elefanten am Rüssel aus dem Dschungel zerrte. Er war so groß geworden, dass sein Schatten so lang war wie der einer gewaltigen Palme. Der Sohn bat nun seine Eltern um ihren Segen und verabschiedete sich. Er ergriff das Schwert, das sieben Schmiede herangeschleppt hatten und fuhr damit wie ein Blitz durch die Luft. So bestieg er das eiserne Ross, drückte seine Beine in die Flanken, dass das Eisen klirrte, und das Pferd stob davon. Dabei stieß der Junge einen Ruf aus, der so laut und mächtig war wie der Donner, der vom Meer zum Gebirge rollt. Die Felswände warfen den Ruf zurück. Das Echo war so stark, dass die Menschen im Tal es hören konnten. Sie kamen aus ihren Hütten und folgten dem neuen Heerführer.

Die Feinde hatten nicht mehr mit Gegenwehr gerechnet. Die königliche Armee war besiegt, und die mächtigsten Hofleute hatten sich mit den Feinden heimlich verbündet. Da stürzte sich das starke Kind auf den Feind. Das gewaltige Schwert sauste auf die Helme der Feinde nieder, so dass die Soldaten wie gemähtes Gras zu Boden stürzten.

Es waren viele, viele Tausende und das Schwert wurde schartig und stumpf. Da riss der Junge Baumstämme aus und schlug damit auf die Angreifer ein. Die Feinde, die überlebten, flohen oder wurden gefangen genommen.

Der König ließ ein großes Fest zu Ehren des starken Jungen ausrichten. Aber das starke Kind wollte weder essen noch trinken, rührte die edlen Speisen der königlichen Tafel nicht an. Stattdessen ging es in die Hütte seiner Eltern, aß gekochtem Reis, trank einen Krug Quellwasser und legte sich schlafen.

Das Königreich mit allen Bewohnern war gerettet. Aber die verräterischen Hofleute hatten Angst, dass ihr Verrat an den Tag käme, und sie fürchteten um ihre Leben. Also redeten sie auf den König ein: „Das starke Kind wird dir das Reich und den Thron rauben, du musst es gefangen nehmen und in Ketten legen!

Es soll mit seiner gewaltigen Kraft die schweren Mahlsteine bewegen." Der König ließ sich einschüchtern und befahl, den Jungen gefangen zu nehmen und ins Gefängnis zu werfen. Die Soldaten stürmten zum Haus des Jungen. Die Eltern hörten sie kommen. Die Mutter versuchte, ihren Sohn zu wecken, und der Vater trat den Schergen entgegen. Diese aber warfen den Vater zu Boden und stürzten sich mit Ketten in der Hand auf den Jungen, der auf dem Boden lag und schlief. Das starke Kind wachte auf, erhob sich und schüttelte die Soldaten ab wie ein Hund, der sein Fell trocknet.

Traurig bestieg der Junge das eiserne Ross und rief seinen Eltern zu: „Wo es Verrat und Unrecht gibt, kann ich nicht leben. Liebe Eltern, geht auch ihr von hier fort. Ich werde eines Tages wiederkommen und die Verräter bestrafen. Dann werde ich für immer bei Euch bleiben."

Der Junge trieb das eiserne Ross an und stürmte durch den Wald davon. Mit gewaltigen Sätzen übersprang er die Bergkette und entschwand. Die Eltern sahen ihm nach: „Er kommt wieder", sagte der Vater. „Ja", sagte die Mutter, „bestimmt! Er ist ja unser Kind, er wird nicht zulassen, dass uns Unrecht geschieht."

(Märchen aus Vietnam)

Der Junge vom Olivensee

Vor langer, langer Zeit stand am Fuße des Olivenberges am Olivensee eine kleine Hütte und dort wohnte eine Mutter mit ihrem Sohn. Die Mutter war eine kleine, gebeugte Greisin und konnte kaum eine Arbeit verrichten, doch da sie einen jungen und tüchtigen Sohn hatte, schlugen sich die beiden schlecht und recht durchs Leben.

Die Mutter kochte ihrem Sohn sein kärgliches Mahl und flickte sein zerrissenes Gewand. Der Sohn plagte sich von früh bis spät und vom Frühling bis zum Winter auf einem kleinen Stückchen Feld, das sie vom Gutsherrn gepachtet hatten. Für dieses Feld mussten sie viel Pacht bezahlen, dass ihnen kaum etwas fürs Essen übrigblieb. Sie konnten tun, was sie wollten, es war immer zu wenig Geld da.

Am Abend saß der Sohn oft vor der Schwelle der Hütte und sah zu, wie die Sonne im Olivensee versank. ‚Warum ist dieser See so trübe', dachte er immer wieder, ‚er wird doch von Quellwasser gespeist?' Und als er sah, wie die Mutter ihre müden Augen anstrengte und wieder einen Flicken an sein zerrissenes Gewand nähte, dachte er auch: ‚Wie ist es nur möglich, dass wir nie etwas haben? Ich arbeite doch so viel!'

Diese traurigen Gedanken wollten ihm nicht aus dem Kopf. Als er einmal hörte, dass in den westlichen Bergen ein Berggeist hause, der auf jede menschliche Frage eine Antwort wisse, beschloss er, ihn aufzusuchen.

Es dauerte noch lange, bis er so viele Vorräte zusammengespart hatte, dass die Mutter davon wenigstens einen Monat lang leben konnte, dann aber machte er sich auf den Weg.

Der Geist hauste im Westen, also schlug der Bursche die Richtung ein, wo die Sonne jeden Abend ihre goldenen Füße im riesengroßen See badete. Er ging sieben Tage und sieben Nächte, ehe er den See umrundet hatte und an das andere Ufer gelangte. Von Hunger, Durst und der langen Wanderung erschöpft, pochte er an die Tür einer Hütte. Eine ältere Frau trat heraus. „Komm nur herein, Junge", lud sie ihn herzlich ein. „Man sieht, dass du eine tüchtige Rast nötig hast." Der Jüngling trat ein. Er aß sich satt, er trank nach Herzenslust und dann schlief er sofort ein. Am Morgen stand er wie neugeboren auf und wollte sich guter Dinge wieder auf den Weg machen. „Hast du es noch weit, Junge?", fragte die Frau. „Liebe Muhme, ich weiß es selbst nicht“, antwortete der Jüngling. „Ich bin ausgezogen, um den Geist der Westlichen Berge zu suchen.“ „Den Berggeist? Und was willst du denn von ihm?“ „Ich will ihn Folgendes fragen“, sagte der Jüngling:

„Warum trübt sich stets die Quelle des Olivensees, sag?
Warum weicht von unsrer Schwelle nicht die Not, trotz Müh und Plag?“

„Ein Glück, dass du bei mir eingekehrt bist“, rief die Frau freudig. „Du könntest den Geist nämlich auch für mich etwas fragen. Meine Tochter ist von Geburt an stumm, und dabei ist sie ein schönes und kluges Mädchen. Vielleicht sagt dir der Geist, wie man ihr helfen könnte!“ „Das will ich gerne für euch tun“, sagte der Jüngling bereitwillig, und da die Sonne schon ihre goldenen Hörnchen über den Horizont streckte, dankte er für alles, nahm Abschied und zog weiter.

Er ging ganze sieben Tage und sieben Nächte. Gegen Abend des siebenten Tages war er schon so erschöpft, dass er kaum an die Tür einer kleinen Hütte zu klopfen vermochte, die am Wegesrand stand. Ein munterer Greis öffnete ihm. Er hieß den Jüngling willkommen, gab ihm reichlich zu essen und zu trinken und ließ ihn tüchtig ausschlafen. Als sich der Jüngling am Morgen wieder auf den Weg machen wollte, fragte ihn der Alte: „Wohin gehst du, Junge?“ „In die Westlichen Berge, Väterchen.“ „Was willst du denn dort tun, Junge?“, wunderte sich der Greis. „Dort leben keine Menschen, du kannst dir nichts verdienen, um dich satt zu essen, und am Ende wirst du dich noch verirren.“ „Ich will den Berggeist suchen“, sagte der Jüngling. „Den Geist der Westlichen Berge? Und was willst du von ihm, Junge?“ „Ich will ihn Folgendes fragen“, sagte der Jüngling:

„Warum trübt sich stets die Quelle des Olivensees, sag?
Warum weicht von unsrer Schwelle nicht die Not, trotz Müh und Plag?“

„Siehst du“, freute sich der Alte, „da könntest du den Geist auch für mich etwas fragen.“ „Ja, was denn, Väterchen?“ „Ach“, seufzte der Alte, „mein Orangenbaum trägt keine Früchte mehr. Er blüht, aber bis heute hat er noch keine einzige Orange getragen. Ich möchte gern wissen, woran das liegt.“ „Aber natürlich will ich den Geist danach fragen“, sagte der Jüngling. Dann dankte er für alles, nahm Abschied und zog weiter.

Er ging lange und plötzlich sah er, dass er nicht weiterkonnte. Quer über den Weg floss ein breiter, reißender Wildbach. Der Jüngling blickte sich um, doch soweit seine Augen auch reichten, es gab kein Boot und keinen Fährmann. Zuerst wusste er keinen Rat. Er setzte sich also auf einen flachen Stein am

Ufer und dachte nach, was er tun solle. Plötzlich kam ein Wind auf und trieb schwarze Wolken über den Himmel. Ein heftiges Gewitter brach los, doch es dauerte nicht lange, da schien wieder die Sonne und am Himmel zog langsam eine purpurrote Wolke herauf. Unter ihr schien die Erde wie Feuer zu brennen. Da begann das Wasser zu schäumen und eine riesengroße Schlange steckte den Kopf aus den reißenden Fluten. „He, Jüngling", rief sie, „wohin des Weges?" „Ich suche den Geist der Westlichen Berge", sagte der Jüngling und trat ein wenig vom Ufer zurück. „Vor mir brauchst du keine Angst zu haben", sagte die Schlange gutmütig, „ich tue niemandem etwas an. Sag mir nur, was du von dem Geist willst." „Ich will ihn Folgendes fragen", sagte der Jüngling:

„Warum trübt sich stets die Quelle des Olivensees, sag?
Warum weicht von unsrer Schwelle nicht die Not, trotz Müh und Plag?"

„Ich bitte dich, Junge, frag den Geist auch für mich etwas", flehte die Schlange. „Nie habe ich einem Lebewesen ein Leid angetan, und doch bin ich hier für tausend Jahre verzaubert. Ich möchte wissen, wie ich rasch in den Himmel gelangen könnte." „Das werde ich ihn ganz bestimmt fragen", versprach der Jüngling, und da bot sich die Schlange gleich an, ihn auf ihrem Rücken über den Fluss zu tragen. Am anderen Ufer dankte der Jüngling der Schlange, verabschiedete sich von ihr und wanderte weiter.

Er ging noch einen vollen Tag, und plötzlich, als es schon zu dämmern begann, standen wie aus dem Boden gewachsen die öden und wilden Westlichen Berge vor ihm. Der Jüngling ging über Stock und Stein auf sie zu. Je näher er kam, desto mehr traten die Berge auseinander, bis sich vor ihm ein breiter Talkessel auftat. Darin stand eine alte, uralte Stadt. Mitten in der Stadt ragte ein prächtiger Palast empor und zu diesem lenkte der Jüngling seine Schritte.

Er grüßte den alten Torwächter und fragte ihn: „Herr, weißt du vielleicht, wo der Geist dieser Berge lebt?" „Der lebt bei uns, wo denn sonst?" sprach der Wächter. „Die Berge und die Stadt und der Palast gehören ihm." Da freute sich der Jüngling und wollte sogleich den Berggeist aufsuchen. Also führte ihn der Wächter in einen Saal, wie der Jüngling noch nie einen gesehen hatte. In der Mitte saß ein Greis mit langem, silbernem Haar und Bart und lächelte ihm freundlich zu. Der Jüngling nahm allen Mut zusammen, um den Geist anzusprechen, doch da ergriff der Greis selbst das Wort: „Was möchtest du, Geselle?" „Antwort auf vier Fragen", brachte der Jüngling mühsam hervor. „Dafür gibt es bei uns folgende Regel", lächelte der Greis

„Ist es eine, darfst du fragen,

sind es zwei, musst du entsagen.
Sind es drei, kannst du sie sagen,
sind es vier, darfst du's nicht wagen.
Ungerade sei, mein Freund, die Zahl der Fragen,
ist die Zahl gerade, musst du dir's versagen.

Du selbst hast vier Fragen. Eine musst du also auslassen. Überlege es dir gut, was du mich fragen willst."

Der Jüngling zerbrach sich den Kopf, doch die Entscheidung fiel ihm schwer. Seine eigene Frage war wichtig, ihretwegen hatte er doch den ganzen mühsamen Weg auf sich genommen. Also ging es nur darum, welche von den übrigen er weglassen sollte. Doch der Jüngling dachte vergeblich hin und her, welche es sein sollte. Für jeden war seine Frage gleich wichtig, und dem Jüngling hätte es leidgetan, einen von seinen Wohltätern zu enttäuschen. Und so beschloss er schließlich nach langem Überlegen, seine eigene Frage unausgesprochen zu lassen.

Als er auf die Fragen Antwort bekommen hatte, dankte er dem Berggeist und machte sich auf den Heimweg. Die Schlange hielt schon nach ihm Ausschau. „Nun, hast du gefragt?", rief sie ungeduldig, als der Jüngling auf Hörweite herangekommen war.

„Du musst zwei gute Taten vollbringen", sagte der Jüngling, „dann gelangst du sofort in den Himmel."
„Was für gute Taten? Ich will gerne alles tun, sag mir nur schnell, was es sein soll", frohlockte die Schlange. „Die erste gute Tat vollbringst du, wenn du mich ans andere Ufer des Flusses trägst. Die zweite gute Tat vollbringst du, wenn du von deinem Kopf die Perle abschüttelst, die bei Nacht leuchtet." „Nichts leichter als das", rief die Schlange. „Spring nur schnell auf meinen Rücken!" Sie trug den Jüngling auf die andere Seite des Flusses, kroch ans Ufer und bat ihn, ihr zu helfen, die Perle abzuschütteln.

Sie schüttelten und schüttelten, bis die Perle herunterfiel. Da wuchsen zwei Hörner aus dem Schlangenkopf. Die Schlange verwandelte sich in einen Drachen und erhob sich sogleich in die Lüfte. Sie flog schnurstracks zum Himmel empor, und als die Hörner schon die Wolken durchstießen, blickte sie in die Tiefe und rief: „Die Perlen schenke ich dir als Lohn." Und sie verschwand im weiten Himmel.

Als sich der Jüngling von seiner Verblüffung erholt hatte, hob er die Perle aus dem Gras auf und machte sich wieder auf den Weg.

Der Greis erwartete ihn bereits und kam ihm entgegen. „Hast du getan, was du mir versprochen hast?", rief er schon von weitem ungeduldig. „Natürlich habe ich das“, nickte der Jüngling vergnügt. „Der Berggeist lässt Euch sagen, dass in Eurem Zierteich neun Fässchen Gold und neun Fässchen Silber vergraben sind. Wenn Ihr die Fässchen ausgrabt und dann mit dem Wasser des Teiches den Orangenbaum begießt, wird er Früchte tragen.“ Der Greis rief seinen Sohn herbei und wollte sich gleich an die Arbeit machen. Der Jüngling sah, dass da vier Hände zu wenig waren, und er beschloss, ihnen zu helfen. Sie ließen das Wasser des Teiches ab und begannen zu graben. Sie plagten sich einen halben Tag und fanden nichts. Sie rackerten sich noch einen halben Tag ab und da entdeckten sie in der tiefen, tiefen Grube tatsächlich neun Fässchen Gold und neun Fässchen Silber. Sie hoben die Fässchen heraus und aus der Grube sprang eine Quelle. Augenblicklich füllte sich der Teich mit kristallklarem Wasser. Der Greis begoss den Orangenbaum, und kaum hatte der erste Tropfen ein Blatt berührt, bogen sich die Äste des Baumes unter schweren Früchten. Der Alte freute sich ungemein. Zum Lohn schüttete er dem Jüngling die Hände voll Gold und Silber. Der Jüngling verabschiedete sich und setzte seine Wanderung fort.

Als er zu der Hütte gelangte, in der die Mutter mit der stummen Tochter wohnte, lief die Frau aus der Tür und rief ungeduldig: „Willkommen, Jüngling, du hast eine weite Reise hinter dir. Hast du auch nicht vergessen, was du mir versprochen hast?“ „Was ich verspreche, das halte ich auch“, sagte der Jüngling frohen Mutes. „Der Berggeist lässt dir sagen, dass deine Tochter sprechen wird, sobald sie den Mann erblickt, der ihr bestimmt ist.“

Da blickte das Mädchen aus der Tür und vernahm die letzten Worte. Sie warf dem Jüngling einen scheuen Blick zu und errötete wie ein Röslein. Sie neigte sich zur Mutter und flüsterte: „Wer ist das, Mutter?“ „Mein Kind, mein Kind, was ist denn geschehen? Du redest ja!“, jubelte die Mutter und brach in Freudentränen aus. „Sei gelobt, Berggeist, dass du meiner Tochter die Sprache gegeben hast!“ Und der Jüngling sah das Mädchen liebevoll an, und das Mädchen senkte den Blick.

so machte sich der Jüngling auf den Heimweg, mit der Perle, die bei Nacht leuchtet, mit seinen Silber- und Goldstücken und mit einer jungen, schönen Frau. Während des ganzen Weges freute er sich und stellte sich vor, wie er die Mutter überraschen würde.

Doch wehe! Sein Mütterlein hatte sich um ihn die Augen ausgeweint, bis sie völlig erblindet war. Wie sehr wünschte sich der Jüngling, dass seine Mutter seine junge Braut sehe! Wie wünschte er sich, dass sie sich am Glanz des Goldes erfreue! Wie wünschte er sich, dass sie die leuchtende Perle schaue! Doch die Greisin konnte nur die zarten Wangen der jungen Frau streicheln, das Klingeln der Münzen hören und tastend die Finger über die Perle gleiten lassen. Der Jüngling war unglücklich. Er hielt der Mutter die Perle dicht ans Auge, aber vergeblich. Das Licht der Perle konnte die Finsternis, in die sie blickte, nicht durchdringen. Ratlos hob und senkte der Jüngling die Hand, in der er die Perle hielt. ‚Ach, wenn die Mutter doch wieder sehen könnte', wünschte er sich inbrünstig. Und da wurde die Mutter plötzlich wieder sehend. Sie schrie vor Freude auf und umarmte ihren Sohn und seine Braut. Der Jüngling vermochte es nicht zu fassen. Hatte die Perle etwa Zauberkräfte?

Um es auszuprobieren, schwenkte er die Perle abermals hin und her, und dabei dachte er sich: ‚Wenn doch alle Reichen die Hälfte ihres Reichtums den Armen geben würden!' Mit einem Schlage geschah, was er sich gewünscht hatte. Der Jüngling jubelte vor Freude und mit ihm freuten sich auch alle armen Leute weit und breit.

Von diesem Tag an war das Wasser im Olivensee klar und durchsichtig, und das Leben der Armen ward süß wie Honig.

(Märchen aus China)

Die Schäfertochter und der Lindwurm

Es war einmal ein König, der hatte eine wunderschöne Königin. Als sie Hochzeit hatten und in der ersten Nacht zu Bett gingen, war nichts auf ihrem Bett geschrieben; aber als sie aufstanden, war darauf zu lesen, dass sie keine Kinder haben würden. Darüber war der König sehr traurig, aber die Königin noch viel mehr. Sie dachte, es sei doch gar zu schlimm, dass sie gar keinen Erben für ihr Reich haben sollten.

Eines Tages ging sie in tiefen Gedanken und kam an eine abgelegene Stelle. Da begegnete ihr ein altes Weib, das fragte, ob ihr die Königin nicht sagen wolle, warum sie denn gar so traurig sei? Die Königin schaute auf und sagte: „Ach, das hilft mir doch nichts, wenn ich es dir auch sage. Du kannst mir doch nicht helfen."

„Vielleicht doch", sagte die Alte und bat die Königin, sie möge es doch sagen. Ja, sie könne es ja sagen: und sie erzählte, wie nach der Hochzeitsnacht auf ihrem Bett geschrieben stand, dass sie keine Kinder haben sollten und darüber sei sie so sehr traurig. Da könne sie ihr wohl helfen, sagte die Alte, sie könne schon Kinder bekommen. Am Abend bei Sonnenuntergang solle sie eine Schüssel nehmen und sie umgestürzt in der Nordwestecke des Gartens aufstellen. Am Morgen, bei Sonnenaufgang, solle sie sie wieder wegnehmen. Dann würden zwei Rosen darunter stehen, eine rote und eine weiße. „Nimmst du nun die rote und isst sie, so wird es ein Knabe. Nimmst du aber die weiße, so wird es ein Mädchen. Aber beide zusammen darfst du nicht nehmen."

Die Königin ging heim und tat, wie die Alte ihr gesagt hatte. Am Morgen, als die Sonne aufging, ging sie auch in den Garten und hob die Schüssel auf, und da standen zwei Rosen, eine rote und eine weiße. Nun wusste sie nicht, welche sie nehmen sollte. Nahm sie die rote, so wurde es ein Knabe, der konnte in einen Krieg kommen und erschlagen werden; und dann hatte sie wieder kein Kind. Also dachte sie, sie wollte lieber die weiße nehmen; dann wurde es ein Mädchen, und das konnte bei ihr zu Hause bleiben und dann heiraten und in einem anderen Reiche Königin werden. Also nahm sie die weiße Rose und aß sie. Aber die schmeckte so vorzüglich, dass sie die rote auch nahm und aß. Denn sie dachte bei sich: „Wenn es Zwillinge gibt, so geht es in einem hin."

Nun geschah es, dass zu dieser Zeit der König im Krieg war, und als die Königin merkte, dass sie schwanger war, schrieb sie ihm und ließ es ihn wissen, und er war sehr glücklich darüber.

Es ging nun eine Weile, und als es an der Zeit war, dass sie gebären sollte, gebar sie einen Lindwurm. Kaum war er geboren, so schlüpfte er unter das Bett in die Kammer und da hatte er seinen Aufenthalt.

Es dauerte wieder eine Weile und da kam ein Brief vom König, dass er in kurzer Zeit heimkehren werde. Und als der König heimkam und in seinem Wagen vor dem Schlosse anfuhr und die Königin herauskam, um ihn zu empfangen, da kam auch der Lindwurm und wollte ihn begrüßen. Er sprang an dem Wagen in die Höhe und rief: „Willkommen daheim, Vater!“ „Was!“, sagte der König. „Bin ich dein Vater?“ „Ja, wenn du nicht mein Vater sein willst, so mache ich dich und das Schloss kaputt!“ Da musste der König Ja sagen. Sie gingen ins Schloss und die Königin musste bekennen, was zwischen ihr und der Alten vorgegangen war.

Einige Tage darauf versammelte sich der ganze Rat und alle Vornehmen und wollten den König in der Heimat willkommen heißen und zum Sieg über seine Feinde beglückwünschen. Da kam auch der Lindwurm und sagte: „Vater, jetzt will ich heiraten!“ „Ja, was glaubst du denn, wer wird dich wohl nehmen?“, sagte der König. „Ja, wenn du mir nicht eine Frau verschaffst, sei sie jung oder alt, groß oder klein, reich oder arm, dann mache ich dich und das ganze Schloss kaputt, und das Reich dazu.“

Da schrieb der König an alle Königreiche, ob jemand seinen Sohn heiraten wolle. Da kam auch eine wunderschöne Prinzessin. Aber es kam ihr kurios vor, dass sie ihren Verlobten nicht eher sehen durfte, als bis sie in dem Saal stand, wo sie getraut werden sollten. Da erst kam der Lindwurm zum Vorschein und stellte sich neben sie. Der Hochzeitstag ging zu Ende, und sie sollten miteinander in die Kammer gehen. Aber kaum waren sie darin, so fraß er sie auf.

Es verging eine Weile, und dann kam der Geburtstag des Königs. Als da alle bei Tisch saßen, kam der Lindwurm wieder und sagte: „Vater, ich will heiraten!“ Der König sagte: „Was für eine Frau wird dich wohl nehmen wollen?“ „Ja, wenn du mir nicht eine Frau verschaffst, sei sie wie sie will, so fresse ich dich und das ganze Schloss auf!“

Der König schrieb an alle Königreiche, ob jemand seinen Sohn heirate wolle. Da kam wieder eine wunderschöne Prinzessin von weit her. Sie bekam ihren Bräutigam auch nicht zu sehen, bis sie in dem Saal stand, wo sie getraut werden sollten. Da kam der Lindwurm und stellte sich neben sie. Aber als der Hochzeitstag um war und sie in die Kammer kamen, brachte der Lindwurm sie um.

Nach einiger Zeit war der Geburtstag der Königin. Da kam der Lindwurm herein, als alle am Tisch saßen, und sagte wieder: „Vater, ich will heiraten!“ „Nun kann ich dir keine Frau mehr verschaffen“, sagte der König. „Jetzt wollen die zwei mächtigen Könige, deren Töchter ich dir zu Frauen gegeben habe, Krieg gegen mich führen. Was soll ich da anfangen?“ „Ach, lass sie nur kommen! Solange du mit mir gutstehst, mögen sie ruhig kommen, und wenn es gleich zehn wären. Aber wenn du mir keine Frau verschaffst, sei sie jung oder alt, groß oder klein, reich oder arm, so mache ich dich und das Schloss kaputt!“ Da musste der König nachgeben, aber er war sehr unglücklich.

Da war ein alter Mann, der war Schäfer beim König. Er hatte ein Häuschen im Wald und auch eine Tochter. Zu dem ging der König hin und sagte: „Hör, lieber Mann, willst du deine Tochter nicht meinem Sohn zur Frau geben?“ „Nein, das kann ich nicht; denn ich habe nur das eine Kind, um in meinem Alter für mich zu sorgen, und außerdem wird der Prinz, wenn er so schöne Prinzessinnen nicht schont, auch meine Tochter nicht schonen, und das wäre sündhaft!“ Aber der König wollte sie haben und der Alte musste sich darein fügen.

Der alte Schäfer ging heim und erzählte alles seiner Tochter. Sie wurde sehr traurig und ging in tiefen Gedanken in den Wald. Wie sie so ging, begegnete sie einer alten Frau, die wollte auch in den Wald, um Beeren und Holzäpfel zu pflücken. Sie hatte einen roten Rock und eine blaue Jacke an. „Warum bist du denn so traurig?“, fragte sie. „Ich habe wohl Grund, traurig zu sein, aber es hat keinen Wert, wenn ich es dir sage, denn du kannst mir doch nicht helfen.“ „Vielleicht doch“, sagte sie. „Erzähl mir nur!“ „Also, ich soll den Königssohn heiraten, der ist aber ein Lindwurm. Er hat schon zwei Prinzessinnen umgebracht, und ich weiß gewiss, dass er mich auch umbringen wird!“ „Ach, wenn du auf mich hören willst, könnt dir geholfen werden.“, sagte die Alte. Das Mädchen wollte gern ihren Rat hören. „Wenn die Trauung vorbei ist und du in die Kammer gehst, so musst du zehn Hemden anhaben. Hast du nicht so viel, so musst du sie leihen. Dann musst du einen Kübel voll Lauge und einen Kübel voll süßer Milch verlangen und einen Arm voll Ruten. Und das soll in die Kammer gebracht werden. Wenn er nun hereinkommt, wird er sagen: Schön, Jungfrau, zieh dein Hemd aus! Dann musst du sagen: König Lindwurm, zieh deine Haut aus! Und das werdet ihr zueinander sagen, bis du neun Hemden ausgezogen hast und er neun Häute. Dann hat er keine Haut mehr, aber du hast noch ein Hemd an. Dann musst du ihn nehmen, er ist dann nichts anderes als ein blutiger Fleischklumpen, und die Ruten in die Lauge tauchen und ihn so lange damit schlagen, bis er fast in Stücke fällt. Dann musst du ihn in der süßen Milch baden und in die neun Hemden wickeln und in den Arm nehmen. Aber dann wirst du einschlafen, wenn es auch nur für kurze Zeit ist.“

Das Mädchen dankte für den guten Rat; aber Angst hatte sie trotzdem, denn es war doch ein arges Unterfangen mit einem so unheimlichen Tier.

Der Hochzeitstag war da und in einer großen und prächtigen Karosse kamen da zwei Damen gefahren, die das Mädchen mit dem Brautstaat schmücken sollten. Sie wurde ins Schloss und in den Saal geführt. Der Lindwurm kam und stellte sich neben sie, und sie wurden getraut.

Es ging gegen Abend und sie sollten ins Brautbett. Da verlangt die Braut einen Kübel voll Lauge und einen Kübel voll süßer Milch und die Ruten. Die Herren lachten sie aus, das sei Bauernaberglaube und Einbildung, aber der König sagte, man solle ihr geben, was sie verlange. Und sie bekam es. Bevor sie die Kammer betrat, zog sie die neun Hemden an, außer dem einen, das sie schon anhatte.

Als sie in die Kammer kamen, sagte der Lindwurm: „Schön, Jungfrau, zieh dein Hemd aus!" Da sagte sie: „König Lindwurm, zieh deine Haut aus!" Und so ging es weiter, bis sie neun Hemden ausgezogen hatte, und er neun Häute. Da fasste sie wieder Mut, denn er lag am Boden und konnte sich kaum rühren, und das Blut lief an ihm herunter. Da nahm sie die Ruten und tauchte sie in die Lauge und schlug ihn, so stark sie konnte und so lange, als nur irgendein Zweig von den Reisern noch da war. Dann tauchte sie ihn in die süße Milch, wickelte ihn in die neun Hemden, ging ins Bett und legte ihn in ihren Arm. Dann schlief sie gleich ein, denn es war spät. Als sie wieder aufwachte, lag sie im Arm eines schönen Königssohnes.

Der Morgen kam. Niemand traute sich, zur Tür der Kammer hineinzusehen, denn sie dachten alle, es sei ihr ergangen wie den beiden ersten. Da wollte der König hineinsehen, und als er die Tür öffnete, rief sie: „Komm nur herein. Es steht alles gut!"

Er ging hinein und war voller Freude, holte die Königin und alle anderen. Und da war ein großes Glückwünschen über dem Brautbett, wie noch niemals eines gewesen ist. Sie standen gleich auf und gingen in ein anderes Gemach, wo sie angekleidet wurden, denn in dieser Kammer sah es gräulich aus. Dann wurde aufs Neue Hochzeit gehalten, mit Prunk und Freude, und der König und die Königin hatten die junge Königin sehr gern. Sie wussten gar nicht, was sie ihr alles zuliebe tun sollten, weil sie ihren Lindwurm erlöst hatte.

(Märchen aus Dänemark)

Jelussek, das verzauberte Mädchen und die Hexe

In einem einsamen Wald lebte einmal eine arme Witwe mit ihrem Sohne. Sie wohnten in einer verfallenen Hütte und wären längst verhungert, wenn der Junge — er hieß Jelussek — nicht ab und zu Fische gefangen hätte. Frühmorgens fuhr er mit einem alten Kahn zu einer Insel, die mitten im See lag, und angelte dort. Um die Mittagszeit kam seine alte Mutter ans Ufer und rief zur Insel hinüber:

„Jelussek, du Lieber,
schick Fische herüber!"

Dann warf Jelussek die Fische, die er gefangen hatte, in den Kahn und gab diesem einen Stoß, so dass er ans Land fuhr. Die Mutter nahm die Fische heraus, stieß den Kahn zurück und ging nach Hause, um die Mahlzeit zuzubereiten. Indessen angelte der Junge weiter. Wenn er Hunger hatte, hörte er auf, fuhr zurück über den See und ging nach Hause, wo die Mutter mit dem Mittagessen schon auf ihn wartete. So ernährten sie sich lange Zeit.

Nun wohnte im Walde aber auch eine Hexe mit ihrer Tochter. Sie tat allen Leuten Böses, wo sie nur konnte, und jeder ging ihr aus dem Weg. Einmal sah die alte Hexe, wie Jelusseks Mutter an den See ging. Sie schlich ihr nach, versteckte sich und hörte, wie die Frau am Ufer rief:

„Jelussek, du Lieber,
schick Fische herüber!"

Dann sah sie, wie der Junge den Kahn an Land zog, wie die Mutter die Fische herausnahm und wie der Junge wieder hinaus fuhr auf den See.

Am anderen Tage ging sie schon fruh an den See und rief mit verstellter Stimme:

„Jelussek, du Lieber,
schick Fische herüber!"

Jelussek erkannte sie nicht; er dachte, seine Mutter riefe, und er brachte die Fische an Land. Nach einer Weile aber kam seine Mutter wirklich und rief ihr Sprüchlein. Da wurde Jelussek ärgerlich und antwortete: „Was soll das heißen? Du hast doch eben Fische geholt! So schnell kann ich keine wieder fangen!" Die Mutter wusste nicht, was sie davon denken sollte und ging traurig nach Hause.

Als Jelussek nach einiger Zeit zur Hütte kam, konnte seine Mutter ihm nichts zu essen geben und beteuerte immer wieder, er hätte ihr keine Fische geschickt. So ging es einen zweiten und einen dritten Tag. Da sagte Jelussek: „Niemand anders als die Hexe kann uns diesen Schabernack spielen; ich will hingehen und sie totschlagen!" „Jelussek", bat die Mutter, „tu das nicht, bleib hier! Die Hexe ist so mächtig und stark, dass sie dir sicher ein Leid antut. Und was soll dann aus mir werden?" Aber so sehr sie ihn auch beschwor, Jelussek ließ sich nicht halten, sondern erwiderte: „Ich muss hin, sonst tut sie uns und anderen noch mehr Böses!"

Am anderen Tag schlich er sich zum Hause der Hexe und kletterte aufs Dach. Da hörte er durch den Schornstein, wie die Alte zu ihrer Tochter sagte: „Ich gehe jetzt zum See und hole Fische. Deck du inzwischen den Tisch und bereite alles vor, dass wir sie gleich braten können, denn ich habe Hunger. Wenn Jelussek uns aber keine Fische mehr fängt, dann muss er sterben!" Als die Hexe fort war, stieg Jelussek vom Dach herunter, ging in die Stube und schrie das Mädchen an: „Du musst sterben!" „Was habe ich dir denn zuleide getan?" fragte das Mädchen. „Ja", sagte Jelussek, „du bist doch die Tochter der Hexe und gewiss genauso schlimm wie deine böse Mutter. Ich habe eben gehört, dass sie mich umbringen will, wenn sie keine Fische mehr von mir bekommt."

Da sagte das Mädchen: „Ach, lieber Jelussek, ich bin ja gar nicht die richtige Tochter der Hexe. Sie hält mich hier gefangen. Wenn ich nicht hier wäre, hätte sie noch viel mehr Böses getan, als ohnehin schon geschehen ist." Da sah Jelussek das Mädchen an und fand nicht nur, dass es gut und schön aussah, sondern dass es auch die Wahrheit gesprochen haben müsse, weil ihm die Aufrichtigkeit auf der Stirn geschrieben stand. Und er fragte: „Ja, was soll ich denn tun?" „Weißt du was", sagte das Mädchen, „wir wollen fliehen. Die Hexe hat viel Gold und Edelsteine. Damit wandern wir in ein fremdes Land, nehmen auch deine Mutter mit und leben dann ohne Sorgen." Aber während sie noch redeten und hin und her überlegten, wie sie den Plan am besten ausführen könnten, kam die Alte schon wieder zurück und war voller Wut, weil sie Jelussek nicht gefunden und auch keine Fische bekommen hatte. Sie riss ärgerlich die Tür auf und sah die beiden stehen. Als Jelussek sich auf sie stürzen wollte, hob sie nur ihre Krücke und berührte ihn damit. Da fielen ihm die Arme herab, er konnte sich nicht von der Stelle rühren und stand da, steif wie ein Pfahl. „Siehst du, mein Bürschchen", sagte die Hexe, „so geht es jedem, der sich gegen mich auflehnen will!" Dann befahl sie dem Mädchen: „Du wirst jetzt den Burschen da schlachten und zubereiten, und wenn alles fertig ist, dann wollen wir essen. Ich aber bin müde von dem Hin- und Herlaufen. Ich will mich ins

Bett legen und noch ein wenig schlafen." Als sie das gesagt hatte, kroch sie in das große Himmelbett, das in der Stube stand, zog die Vorhänge hinter sich zu und fing an, laut zu schnarchen.

Da nahm das Mädchen eilig die Krücke der Hexe und berührte Jelussek damit. Nun war er frei und vom Zauber los. Aber als er sich wieder auf die Alte stürzen wollte, hielt ihn das Mädchen voller Angst zurück und sagte: „Wage es nicht noch einmal, sonst bringt sie uns beide um!" Dann nahm sie ein Messer und stach damit Jelussek in den Finger, so dass drei Tropfen Blut auf die Erde neben den Herd fielen. Dort aber setzte sie eilig den großen Kessel mit Wasser auf, warf alte Lumpen und zerrissene Schuhe und Stiefel hinein und schürte das Feuer, dass der Kessel bald lustig wallte und brodelte. In aller Eile raffte sie dann zusammen, was sie nur finden konnte, Gold und Perlen und Edelsteine, verpackte alles in ein Bündel und nahm noch einen Kamm, eine Bürste und ein Ei mit. Dann eilten sie und Jelussek schnell zum Hause hinaus.

Inzwischen war die alte Hexe aufgewacht und rief aus dem Bett: „Ist das Mittagessen fertig?" „Eben angefangen", rief der erste Blutstropfen. Da drehte sich die Hexe auf die andere Seite und schlief weiter. Nach einer Weile erwachte sie wieder und fragte: „Ist das Mittagessen fertig?" „Halb fertig!", rief der zweite Blutstropfen. Und die Hexe zog wieder das Federbett über die Ohren und schnarchte drauflos. Aber nun dauerte es nicht lange, da erwachte sie zum dritten Mal: „Ist das Mittagessen fertig?" „Ganz fertig!", rief der dritte Blutstropfen, und die Hexe sprang aus dem Bett und sah sich nach dem Mädchen um. Weil sie es in der Stube nicht erblicken konnte, dachte sie, es sei auf den Hof gegangen. Aber als sie an den Kessel trat und darin zu rühren begann, merkte sie bald, dass kein Fleisch darin sein konnte. Sie holte mit dem Löffel erst einen zerrissenen Schuh und dann eine geflickte alte Hose heraus und erkannte schließlich, dass sie von den beiden betrogen worden war.

Nun geriet sie in schreckliche Wut und eilte den Fliehenden nach. Obgleich sie schon einen großen Vorsprung hatten, zauberte die Hexe sich bald in ihre Nähe. Als die beiden sich umblickten, sahen sie, wie das böse Weib hinter ihnen herkam, ganz rot vor Zorn und mit den Zähnen knirschend. Da warf das Mädchen den Kamm hinter sich. Sofort wurde er ein großes Gebirge mit hohen steilen Bergen, zackigen Felsen und engen Schluchten, so dass kein Mensch darübersteigen konnte. Als die Hexe das Gebirge erreichte, erkannte sie, dass sie sich hindurch hacken musste, wenn sie weiterkommen wollte. Sofort eilte sie nach Hause, holte eine Spitzhacke und machte sich an die Arbeit. Es dauerte nicht lange, da hatte sie einen Gang durchs Gebirge geschlagen und folgte wieder den beiden Flüchtlingen nach. Als sich das

Mädchen abermals umsah, merkte es, dass ihnen die Hexe schon wieder auf den Fersen war. Da warf es die Bürste hinter sich. Sofort entstand daraus ein undurchdringlich dichter Wald. Als die Hexe an den Wald kam, musste sie wieder umkehren und eine Axt holen, um sich einen Weg durch das Dickicht zu bahnen. Sie hieb drauflos, dass die Splitter flogen. In kurzer Zeit hatte sie sich durch den Wald hindurchgearbeitet und kam den beiden wieder nach. Nicht lange dauerte es, da hörten sie die Hexe hinter sich schnaufen. Und das Mädchen sprach: „Nun bleibt mir nur noch ein Mittel übrig!“ Dabei warf sie das Ei hinter sich. Daraus wurde ein spiegelblank zugefrorener, glatter See. Als die Hexe auf das Eis trat, glitt sie aus, fiel um und brach beide Beine. Nun konnte sie nicht weiter. Und weil sich kein Mensch ihrer annahm, musste sie elend umkommen.

Da kehrten das Mädchen und Jelussek um und gingen zuerst zu der Hütte, in der Jelusseks Mutter voller Angst und Sorgen zurückgeblieben war. Dann zogen sie alle drei in das Hexenhaus. Nicht lange danach wurde die Hochzeit gefeiert, und sie lebten vergnügt bis an ihr Ende und taten allen Menschen viel Gutes.

(Märchen aus Russland)

Fitchers Vogel

Es war einmal ein Hexenmeister, der nahm die Gestalt eines armen Mannes an, ging vor die Häuser, bettelte und fing die schönen Mädchen. Kein Mensch wusste, wo er sie hinbrachte, denn sie kamen nimmer mehr wieder zum Vorschein.

Eines Tages erschien er vor der Tür eines Mannes, der drei schöne Töchter hatte, als ein armer schwacher Bettler, und trug einen Korb auf dem Rücken, als wollte er milde Gaben darin sammeln. Er bat um ein bisschen Essen, und als die älteste herauskam und ihm ein Stück Brot reichen wollte, rührte er sie nur an, und alsbald musste sie in seinen Korb springen. Dann eilte er mit starken Schritten fort und trug sie durch einen finstern Wald in sein Haus, wo alles prächtig war. Da gab er ihr was sie nur wünschte, und sprach: „Es wird dir wohl gefallen bei mir, denn du hast alles, was dein Herz begehrt." Das dauerte ein paar Tage, da sagte er: „Ich muss fortreisen und dich eine kurze Zeit allein lassen, da sind die Hausschlüssel, du kannst überall umhergehen und alles sehen, nur nicht in eine Stube, die dieser kleine Schlüssel aufschließt, das verbiet ich dir bei Lebensstrafe." Auch gab er ihr ein Ei und sprach: „Das verwahre mir sorgfältig und trag es lieber beständig bei dir, denn ginge es verloren, so würde ein großes Unglück daraus entstehen." Sie nahm die Schlüssel und das Ei und versprach, alles wohl auszurichten.

Als er aber fort war, konnte sie der Neugierde nicht widerstehen, und nachdem sie das ganze Haus von unten bis oben durchsucht hatte, ging sie auch zu der verbotenen Tür und öffnete sie. Wie erschrak sie aber, als sie hineintrat: Da stand in der Mitte ein großes blutiges Becken, und dort lagen tote zerhauene Menschen. Sie erschrak so sehr, dass das Ei, das sie in der Hand hielt, hineinplumpte. Zwar holte sie es geschwind wieder heraus und wischte das Blut ab, aber es half nichts, denn es kam den Augenblick wieder zum Vorschein; sie wischte und schabte, aber sie konnte es nicht herunterkriegen.

Nicht lange, so kam der Mann von der Reise zurück, und das erste war, dass er Schlüssel und Ei zurückforderte. Sie reichte es ihm mit Zittern hin, er betrachtete beides genau und sah wohl, dass sie in der Blutkammer gewesen war. Da sprach er: „Bist du gegen meinen Willen in die Kammer gegangen, so sollst du jetzt gegen deinen Willen wieder hinein. Dein Leben ist zu Ende." Er zog sie an den Haaren hinein, zerhackte sie, dass ihr rotes Blut auf der Erde floss, und warf sie zu den Übrigen ins Becken.

„Jetzt will ich mir die zweite holen“, sprach der Hexenmeister, ging wieder in Gestalt eines armen Mannes vor das Haus und bettelte. Da brachte ihm die Zweite ein Stück Brot, er fing sie wie die Erste durch bloßes Anrühren und trug sie hinaus. Es erging ihr wie ihrer Schwester, sie ließ sich von ihrer Neugierde verleiten, öffnete die Blutkammer und schaute hinein und musste es bei seiner Rückkehr mit dem Leben büßen.

Er ging nun und holte die Dritte, die aber war klug und listig. Als er ihr die Schlüssel und das Ei gegeben hatte und fortgereist war, verwahrte sie das Ei erst sorgfältig, und dann ging sie in die verbotene Kammer. Ach, was erblickte sie! Ihre beiden lieben Schwestern lagen da in dem Becken, jämmerlich ermordet und zerhackt. Aber sie hub an und suchte ihre Glieder zusammen und legte sie zurecht - Kopf, Leib, Arm und Beine. Und als nichts mehr fehlte, da fingen die Glieder an sich zu regen und schlossen sich aneinander, und beide Mädchen öffneten die Augen und waren wieder lebendig. Da freuten sie sich, küssten und herzten einander.

Der Mann forderte bei seiner Ankunft gleich Schlüssel und Ei, und als er keine Spur von Blut daran entdecken konnte, sprach er: „Du hast die Probe bestanden, du sollst meine Braut sein, und was du verlangst, das will ich tun.“ „Wohlan“, antwortete sie, „du musst vorher einen Korb voll Gold meinem Vater und meiner Mutter bringen und musst es selbst auf deinem Rücken hintragen; derweil will ich die Hochzeit bestellen.“ Dann lief sie zu ihren Schwestern, die sie in einem Kämmerlein versteckt hatte, und sagte: „Der Augenblick ist da, wo ich euch retten kann. Der Bösewicht soll euch selbst forttragen; aber sobald ihr zu Hause seid, sendet mir Hilfe.“ Sie setzte beide in einen Korb und deckte sie mit Gold ganz zu, dass nichts von ihnen zu sehen war, dann rief sie den Hexenmeister herein und sprach: „Nun trag den Korb fort, aber dass du mir unterwegs nicht stehen bleibst und ruhest, ich schaue durch mein Fensterlein und habe Acht.“

Der Hexenmeister hob den Korb auf seinen Rücken und ging damit fort, er drückte ihn aber so schwer, dass ihm der Schweiß über das Angesicht lief. Da wollte er sich ein wenig ruhen, aber gleich rief eine im Korbe: „Ich schaue durch mein Fensterlein und sehe, dass du ruhst, willst du gleich weiter.“ Er meinte, die Braut rief ihm das zu, und machte sich wieder auf. Hernach wollte er sich wieder setzen, aber es rief abermals: „Ich schaue durch mein Fensterlein und sehe, dass du ruhst, willst du gleich weiter.“ Und so oft er stillstand, rief es, und da musste er fort, bis er endlich stöhnend und außer Atem den Korb mit dem Gold und den beiden Mädchen in ihrer Eltern Haus brachte.

Daheim aber ordnete die Braut das Hochzeitfest an und ließ die Freunde des Hexenmeisters dazu einladen. Dann nahm sie einen Totenkopf mit grinsenden Zähnen, setzte ihm einen Schmuck auf und einen Blumenkranz, trug ihn oben vors Bodenloch und ließ ihn da hinausschauen. Als alles bereit war, steckte sie sich in ein Fass mit Honig, schnitt das Bett auf und wälzte sich darin, dass sie aussah wie ein wunderlicher Vogel und kein Mensch sie erkennen konnte. Da ging sie zum Haus hinaus und unterwegs begegnete ihr ein Teil der Hochzeitsgäste, die fragten:

„Du Fitchers Vogel, wo kommst du her?"
„Ich komme von Fitze Fitchers Hause her."
„Was macht denn da die junge Braut?"
„Hat gekehrt von unten bis oben das Haus,
und guckt zum Bodenloch heraus."

Endlich begegnete ihr der Bräutigam, der langsam zurückwanderte. Er fragte wie die andern:

„Du Fitchers Vogel, wo kommst du her?"
„Ich komme von Fitze Fitchers Hause her."
„Was macht denn da meine junge Braut?"
„Hat gekehrt von unten bis oben das Haus,
und guckt zum Bodenloch heraus."

Der Bräutigam schaute hinauf und sah den geputzten Totenkopf, da meinte er, es wäre seine Braut und nickte ihr zu und grüßte sie freundlich. Wie er aber samt seinen Gästen ins Haus gegangen war, da langten die Brüder und Verwandte der Braut an, die zu ihrer Rettung gesendet waren. Sie schlossen alle Türen des Hauses zu, dass niemand entfliehen konnte und steckten es an, dass der Hexenmeister mit samt seinem Gesindel verbrennen musste.

(Märchen aus Deutschland)

Das Katherle und die zwölf Räuber

Vor ein paar hundert Jahren gab es noch sehr wenige Mühlen. Nur alle sechs, sieben Stunden weit stand eine Mühle bei einem Bächlein und darinnen hauste ein Müller mit mehreren Mahlknechten. Ein Fuhrmann führte das Mehl fort und brachte das Getreide nach Hause, und so lebten sie dort ganz allein.

Da war einmal ein Müller, der hatte ein einziges Mädchen, das hieß Katherle. Sie war ein blitzsauberes, gut gewachsenes Mädchen. Als einmal die Mettennacht, also die Nacht der Christmette, herankam, sagte das Katherle: „Ich werde allein daheimbleiben. Ihr könnt alle in die Mette gehen. Ich fürchte mich nicht!" und sie ließen sie wirklich allein zu Hause. Die Mühle war fest und sicher gebaut. Nur ein Loch gab es, wo ein Fremder hineinsteigen konnte, und das war dort beim Mühlrad. Da muss ja ein Stück frei bleiben. Es war gerade so, dass einer hinuntersteigen konnte, wenn er wollte. Dort stellte sich das Katherle auf die Wache hin, denn ihr schwante etwas Schlimmes. Weil es vor ein paar hundert Jahren noch kein Gewehr gab, nahm sie einen tüchtigen Säbel in die Hand und wartete dort bei dem Loch.

Zwischen elf und zwölf kamen zwölf Räuber und wollten die Mühle ausrauben. Sie wussten genau, dass sie nur bei dem Loch in die Mühle hineinkamen und dachten nicht daran, dass jemand daheim sein konnte.

Damals gab es noch kein elektrisches Licht, und sie hatten nur ein winzig kleines Petroleumlämpchen, das nur einen ganz schwachen Lichtschein gab.

Das Katherle stellte sich zu dem Loch hin, war mucksmäuschenstill und rührte sich nicht. Plötzlich kam ein Räuber bei dem Loch herunter, den Kopf voraus, und als er hinunterstieg, *pantsch!* schlug sie ihm den Kopf ab. Sie zerrte den Körper hinunter und so versuchten auch die anderen elf Räuber nacheinander sich einzuschleichen und sie räumte sie alle aus dem Wege.

Der Räuberhauptmann kam als letzter. ‚Teufel, da muss etwas dahinter sein!', dachte er sich und lugte nur ein wenig hinunter, um zu schauen, was denn da los sei. Weil das Licht aber so schlecht war, schlug sie zu früh zu und streifte ihn nur ein bisschen an den Haaren. Nun wusste er, dass jemand drunten auf ihn lauerte und keiner seiner Räuber mehr am Leben war. Eiligst lief er davon und verkroch sich in seiner

Räuberhöhle, in seinem Räuberschloss mitten im Wald. Nach vierzehn Tagen kam er in die Mühle und fragte an, ob sie nicht einen Müllerburschen brauchten. ‚Ich werde schon alles erfragen, was in der Mettennacht geschehen ist', überlegte er und als er drei, vier Monate dort gewesen war, wusste er alles, wie es damals zugegangen war und er kam darauf, dass das Katherle seine elf Räuber erschlagen hatte. Nun schmeichelte er sich bei ihr ein, so gut er konnte, und gab vor, er wollte nur ein wenig praktizieren und sei noch ein lediger Bursch. Eines Tages ging er heim, spannte ein Paar Rösser ein und wollte sie abholen: „Nimm Platz!", sagte er. „Ich führe dich zu meiner Mühle, dass du siehst, wo ich zu Hause bin." Der Vater erlaubte es ihr mitzufahren, und so fuhren sie fort.

Da war aber ein weiter, großer Wald, der sich viele Tagesreisen hinzog. Deshalb konnten auch Räuber drinnen hausen. Als sie ein paar Stunden weit gefahren waren, kamen sie zu einer Waldwiese. In der Mitte wuchs ein großer Baum und darunter standen zwölf unheimliche Männer. „Katherle, fürchtest du dich nicht?", fragte er. „Ach, was soll ich mich denn fürchten?", gab sie zur Antwort. „Bist ja wohl du bei mir."

Sie fuhren weiter, aber die zwölf schlichen ihnen nach. Nach ein paar Stunden kamen sie wieder zu einer Waldlichtung, dort lungerten wieder zwölf Männer umher. „Katherle, fürchtest du dich nicht?" fragte er wieder. „Ach", sagte sie, „warum soll ich mich denn fürchten? Bist ja wohl du bei mir." Und die anderen zwölf folgten ihnen ebenfalls.

Als sie weiterfuhren, kamen sie nach ein paar Stunden zu einer dritten Waldlichtung, dort standen noch einmal zwölf Männer, die waren noch viel unheimlicher als die anderen. „Katherle, fürchtest du dich nicht?", fragte er. „Wohl", sagte sie, „jetzt fange ich mich an zu fürchten." „Jetzt ist es schon zu spät", sagte er. „Du hast mir meine Leute umgebracht, aber jetzt habe ich schon wieder sechsunddreißig neue. Heut wird es dir noch schlecht ergehen. Du wirst deinen Kopf verlieren und kommst nicht mehr mit dem Leben davon!"

Jetzt stand es freilich schlimm um sie. Alle sechsunddreißig folgten dem Wagen in einer langen Reihe und der Räuberhauptmann und das Mädchen fuhren voraus. Es dauerte nicht lange, da kamen sie zu einem großen Haus. Sie gingen alle hinein und fingen an, Schnaps zu trinken, weil sie von dem weiten Weg durstig waren und weil sie sich so darüber freuten, dass der Räuberhauptmann die Müllerstochter gefangen hatte.

Bald hatten sie solch einen Rausch, dass sie nicht mehr imstande waren, der Müllerstochter etwas zuleide zu tun. So betrunken waren sie. Unter dem Dach war ein kleines Kämmerchen, dort führten sie sie hinauf, sperrten die Türe fest zu, dass sie nicht davonlaufen konnte, und sagten: „Heute ist es schon zu spät, aber morgen wirst du geköpft."

Zum Glück stand dort ein Bett, darauf waren grobe Leintücher. Aber wie hatte sie denn schlafen sollen in dem Räuberhaus? ‚Wie komme ich wieder hinaus?', überlegte sie. ‚Was soll ich jetzt machen?' Als sie sich umschaute, sah sie, dass das Fenstergitter so weitmaschig war, dass sie sich mit dem Unterrock und dem Hemd gerade durchzwängen konnte. Ihr anderes Gewand warf sie zum Fenster hinunter. Sie band die Leintücher zusammen, befestigte sie an dem Fensterstock und ließ sich hinunter. Flink zog sie sich an und lief fort, so schnell sie nur konnte.

Sie kam aber nicht weiter als bis zu der ersten Waldlichtung. Dort wuchs eine große Fichte mit einem dicken Stamm. Eilig kletterte sie hinauf. Ein leichtfüßiges Mädchen war sie und so gelang es ihr wirklich, hinaufzukommen. Kaum war sie oben auf dem Baum, polterten die Räuber hinter ihr nach, weil sie sie schon vermissten.

Einer war dabei unter den sechsunddreißig, der hatte eine Hundenase und sagte: „Glaubt mir, die ist nirgends anders als da oben!" „Nehmt eine Stange und stochert sie herunter!", sagte der Räuberhauptmann. „Die wird uns nicht entkommen, wenn sie da droben ist." Sie packten eine lange Stange und wollten sie herunterholen. Sehen konnten sie sie nicht, aber der mit der Hundenase hatte sie aufgespürt. Der Baum hatte aber viele Äste und ein überaus dichtes Reisig. Wenn sie auf der einen Seite hinaufstachen, stieg sie auf die andere. Endlich zogen sie die Stange wieder herunter und versuchten es auf der anderen Seite.

Zum Glück entschlüpfte sie ihnen immer wieder, und sie konnten sie nicht treffen. „Wer weiß, was du gerochen hast", sagte der Räuberhauptmann zu dem mit der Hundenase. „Da ist sie nicht! Gehen wir weiter!" Das Mädchen blieb oben auf der Fichte versteckt und die Räuber machten sich weiter auf den Weg, um sie zu suchen. Sie wartete zur Vorsicht eine Weile und getraute sich nicht herunter.

Zufälligerweise führte gerade ein Müllersknecht das Mehl zu einem Bauern. Früher war das so, dass den Bauern das Mehl zugeführt wurde. Damals hatten sie aber nicht so viele Säcke. Sie hatten Truhen, in die sie das Mehl hineinschütteten. Glücklicherweise hatte er kein Getreide in der Truhe, sie war leer. Schnell stieg die Müllerstochter von der Fichte herunter, als er dort vorbeikam. Er hatte immer eine Hacke und einen Hammer in einer Tasche, die er gut versteckte. Er machte die Tasche auf, holte das Werkzeug heraus und riss die Truhe mit der Zange auf. Das Katherle stieg hinein, er hämmerte die Truhe zu, versteckte sein Werkzeug gut und fuhr weiter.

Kaum war er eine halbe Stunde gefahren, kamen ihm die Räuber schon entgegen, und der mit der Hundenase sagte: „Sie ist nirgends wo anders als in der Truhe drin!“ „Wie könnte ich denn den Deckel aufmachen?“, sagte der Müllersbursch, „das geht doch nicht ohne Werkzeug. Ihr könnt die Truhe ja herunterheben, wenn ihr mir nicht glaubt. Aber ihr müsst sie wieder hinauftun! Ich allein bin zu schwach dazu.“

Damit waren die Räuber einverstanden, und der Räuberhauptmann sagte: „Wenn man ein Geräusch hört, so ist sie drin!“ Das Mädchen spreizte aber die Hände und Füße weit auseinander, stemmte sie gegen die Truhenwände und verhielt sich so mucksmäuschenstill, dass sie nicht merkten, dass jemand darinnen war. „Du bist ein Esel“, sagte der Räuberhauptmann zu dem mit der Hundenase und er ärgerte sich, weil sie die Truhe wieder hinaufheben mussten.

Missmutig gingen sie ihres Weges weiter, um das Katherle zu suchen und der Müllersbursch fuhr nach Hause und brachte sie glücklich heim. „Meister, ihr müsst die Truhe heute selber aufmachen!“, sagte er zum Müllersbursch. Ihr könnt euch denken, wie sehr der Müller erschrak, als er seine einzige Tochter erblickte. Das Katherle ließ sich aber nichts anmerken, hüpfte fröhlich aus der Truhe heraus und lachte.

Es dauerte nicht lange, da kam wieder ein Bursche, der um die Müllerstochter warb. „Der schaut ganz nett aus“, dachte der Müller. Der Fremde sagte, er habe einen großen Besitz und möchte gern heiraten. Aber er habe nirgends eine rechte Frau gefunden. Da habe er gehört, dass der Müller ein so tüchtiges Mädchen habe, ein so fleißiges, die würde ihm gut gefallen.

Das Katherle sah ihn prüfend an, weil sie schon einmal hinters Licht geführt worden war und er kam ihr so bekannt vor. Sie wusste nicht recht, wer er war, weil er sich so verstellte. Heimlich rief sie den Vater aus der Stube und sagte zu ihm: „Der schaut wie ein Betrüger aus, dem traue ich nicht.“

Aber der Vater wollte ihr nicht glauben. „Der kommt mir recht tüchtig vor“, sagte er, „und angezogen ist er wie ein vornehmer Herr.“ Aber das Mädchen redete so lange auf ihn ein, dass er den Fremden noch einmal genauer anschaute und da kam ihm selber vor, dass da nicht alles stimme. Geschwind schickten sie nach den Wächtern, vor ein paar hundert Jahren gab es ja noch keine Gendarmen. Acht bis zwölf Männer waren in einer Gemeinde, die mussten ausrücken, wenn sich irgendetwas Besonderes ereignete. Die waren im Nu zur Stelle, ergriffen ihn und rissen ihm den falschen Bart herunter. Nun erkannten sie erst, dass das der Räuberhauptmann war und ihr könnt euch denken, wie froh das Katherle war, dass sie von dieser Plage wieder erlöst war!

Alle miteinander gingen hinaus zu der Räuberhöhle und fanden allerlei, was die Räuber zusammengestohlen hatten, Ross und Vieh, Gewand und Geld.

Die Hälfte von allem bekam das Katherle, da war sie eine steinreiche Braut. Sie heiratete einen wohlhabenden Burschen und wurde recht glücklich mit ihm. Räuber gab es seit dieser Zeit keine mehr, weil man genau wusste, wo sie ihre Räuberhöhle hatten und weil man den Räuberhauptmann gefangen hatte.

Jetzt ist die Geschichte aus.

(Märchen aus Kärnten)

Das kluge Mädchen aus Adsham

Der Padischah des Landes Adsham hatte einen Sohn, dessen Benehmen so übel war, dass das Volk seine bösen Streiche nicht mehr dulden wollte. Darum begaben sich die Bürger der Stadt in den Palast, um ihre Klagen vorzubringen. Der Padischah jagte die Leute wutschnaubend davon und erteilte den Befehl, sie alle hinrichten zu lassen. Doch da gab sein Wesir zu bedenken: „Haltet ein, Padischah, mäßige deinen Zorn! Dein Sohn zählt schon zwölf Jahre, gib ihn in die Schule, damit er zur Vernunft kommt."

Der Padischah gab seinen Sohn in die Schule. Als der Junge die Bücher sah, fing er an zu heulen und schrie: „Ich will nicht lernen! Ich bin doch ein Prinz! Also kann ich machen, was ich will. Wozu soll ich mir den Kopf zerbrechen?"

Dem Lehrer fuhr der Schreck in die Glieder und er dachte: „Wenn ich den Sohn des Padischahs ausschelte und ihn zwinge, die Schulaufgaben zu machen, wird der Junge zu seinem Vater laufen und sich beschweren. So kann ich meinen Kopf verlieren. Soll er machen, was er will!"

Drei Jahre lang ging der Sohn des Padischahs zur Schule. In dieser ganzen Zeit trieb er mit den anderen Kindern das Knöchelspiel und lernte nichts. Schließlich ließ der Padischah den Prinzen holen und befahl 400 langbärtigen Greisen: „Prüft, wie mein Sohn liest und welche Bücher er kennt."

Der Junge stellte sich vor seinem Vater und den Weisen auf, und als sie ihn fragten, was er denn gelernt habe, langte er in seine Tasche und holte ein paar Spielknöchel hervor. „Das da!", rief er und hielt die Knöchel triumphierend in die Luft. Zornentbrannt befahl der Padischah, den Lehrer sofort zu köpfen. Dann schicke er einen Herold durch die Straßen. Der musste verkünden: „Wer meinem Sohn binnen 40 Tagen das Lesen beibringt, den werde ich belohnen. Wenn sich aber niemand findet, dann mache ich die Stadt dem Erdboden gleich und von den Einwohnern soll nichts als Asche zurückbleiben."

In dieser Stadt aber lebte eine alte Frau und ein alter Mann. Als sie hörten, was der Herold verkündete, brachen sie in Tränen aus. Ihre neunjährige Tochter fragte: „Warum weint ihr?" „Oh, Unglück über unsere Häupter!", riefen sie und erzählten ihr, was der Padischah verkünden ließ. „Holt den Jungen her, ich bringe ihm das Lesen bei!" rief das Mädchen. Die Alten erschraken, aber die Tochter gab nicht nach, und so ging der Vater zum Padischah und sagte: „Wenn Ihr erlaubt, wird meine Tochter euren Sohn unterrichten.“ Der Padischah willigte ein und übergab dem alten Mann seinen Sohn. Als der vor der Tochter stand und sah, dass sie ein neunjähriges Mädchen war, dachte er: ‚Der gebe ich eine Maulschelle, dann wird sie schon wissen, dass man mich nicht unterrichten kann.‘ Aber im gleichen Moment, als er seine Hand hob, hatte er eine Ohrfeige sitzen. Nie im Leben war der verzogene Prinz geschlagen worden. Er bekam einen solchen Schreck, dass er künftig nicht mehr zu atmen wagte, wenn das Mädchen auch nur die Stirn ein wenig runzelte.

Der Padischah ließ ihn am Ende der Frist zu sich kommen, versammelte wieder die 400 langbärtigen Greise um sich und sagte streng: „Nun mein Sohn, lies vor!“ Der Junge stotterte und stotterte, aber am Ende hatte er doch eine ganze Seite aus dem Buch, das einer der Greise in der Hand hielt, gelesen. „Nun, was taugt mein Sohn?“, fragte der Padischah stolz. „Euer Sohn ist sehr begabt“, murmelten die Greise, nickten mit den Köpfen und schwangen ihre Bärte hin und her. Zu dem Vater des Mädchens gewandt, rief der Padischah: „Mach dich aus dem Staub! Du und deine Tochter, ihr braucht euch nichts einzubilden! Bedankt euch bei Allah, dass ihr dem sicheren Tod entkommen seid.“

Die Bewohner der Stadt waren glücklich, dass der Padischah ihre Häuser nicht verwüstete und ihrer aller Leben schonen wollte.

Der Prinz aber konnte es nicht verwinden, dass dieses neunjährige Mädchen ihn, den Nachfolger des Padischahs, 40 Tage lang mit dem Lesen gequält hatte. Er ließ eine Grube ausheben, holte das Mädchen, band ihre Zöpfe zu einem Knoten, schlug sie auf die rechte und dann auf die linke Wange und hängte sie an ihren Haaren in die Grube. Danach bestieg er sein Pferd und ritt zur Jagd. Am Abend kam er zurück, holte das Mädchen aus der Grube, und am nächsten Morgen hängte er sie wieder in der Grube auf. Dies tat er 40 Tage lang. Am 41. Tag flehte sie: „Lass mich heute frei! Ich will zu meinen Eltern gehen, sonst sehe ich sie vielleicht nie wieder!“ „Nun gut“, erwiderte er, „aber komm sofort wieder! Wenn nicht, lasse ich dich hinrichten, deinen Kopf mit Stroh ausstopfen und zur Abschreckung für alle Frauen an der Palastmauer aufhängen!“

Das Mädchen eilte zu ihren Eltern. Als die Mutter das Gesicht ihrer Tochter sah, begann sie zu weinen. „Mein armes Kind! Du bist ja gelb wie Stroh geworden und deine Gestalt dünn wie ein Haar. Ist etwa der Tod gekommen, dich zu holen?“ „Ach, liebe Mutter“, erwiderte sie, „der Sohn des Padischahs quält mich schon 40 Tage“, und sie erzählte der Mutter, was ihr geschehen war. Der Mutter krampfte sich das Herz zusammen. Sie wusch ihre Tochter, kämmte ihr das Haar, breitete ein Tuch aus und stellte die besten Leckerbissen darauf. Als das Mädchen wieder ein wenig zu Kräften gekommen war, beugte sich die Mutter über eine Truhe und holte ein Bild heraus. „Wenn der Sohn des Padischahs dich ins Gesicht schlägt, dann lächle. Wenn er dich noch einmal schlägt, dann lache. Er wird dich fragen, warum du lachst. Du aber sage: ‚Deine Schläge sind für mich süße Fladen und deine Schimpfworte Pilaw.‘ Dann zeige ihm das Bild und lache noch lauter!“

Die Tochter tat, was die Mutter ihr geraten hatte und als der Prinz das Bildnis erblickte, war sein Herz von den Pfeilen der Liebe durchbohrt. „Wessen Bildnis ist das“, schrie er, „die will ich zur Frau nehmen! Wo lebt sie?“ Nun sagte ihm das Mädchen, was die Mutter ihr zugeflüstert hatte: „Es gibt ein Land Iram. Dort lebt Akbiljak, die Tochter des Padischahs. Über ihr Antlitz breiten sich 40 durchsichtige Schleier. Hebt man die Schleier empor, dann geht von ihrer Schönheit ein Licht aus, als würden 32 Leuchter brennen.“ Da stürzte der nichtsnutzige Prinz in den Palast, ließ 40 Maulesel mit Gold beladen, nahm 40 bewaffnete Reiter mit und begab sich auf die Suche nach dem Land Iram.

Viele Tagesstrecken und Rastplätze ließ er hinter sich, bis er eines Tages sieben unvollendete Türme vor sich sah. „Was für eine Moschee ist das?“, erkundigte er sich bei einem Hirten. „Das ist keine Moschee, sondern ein Palast. Dort wohnt der Padischah mit seiner Tochter Akbiljak. Sie ließ verkünden: Wer mich im Schachspiel besiegt, den nehme ich zum Mann. Wer verliert, der verliert seinen Kopf. Noch keinem ist es gelungen, sie zu besiegen und die Schädel der Pechvögel dienen als Ziegel für diese Türme.“

Der Taugenichts wurde in den Palast geführt und als er vor der Prinzessin stand, sah er, dass sie tausendmal schöner war als auf dem Bild. Vor Begeisterung verschlug es ihm die Sprache und er senkte den Kopf. Als sie ihn fragte, wer er sei, gab er sich als Sohn des Padischahs von Adsham zu erkennen. Schweigend zeigte Akbiljak auf das Schachspiel. Beide setzten sich und im Nu hatte die Prinzessin den Prinzen besiegt. Sie winkte und der Henker erschien. Der Wesir, der neben der Prinzessin stand, verneigte sich vor ihr und sprach: „Gebt mir diesen Tölpel, ich werde ihn ordentlich quälen und dann töten, auf, dass es niemand mehr wage, mit dir zu spielen.“

Der Wesir nahm den Prinzen mit und stellte ihn an die Ölpresse vor seinem Haus. Hier nun schuftete der Prinz Tag und Nacht und presste Öl aus, schlief auf Stroh, aß dürftige schale Erbsensuppe und atmete den Rauch von Mistziegeln.

Die Zeit verging. Kehren wir nach Adsham zurück.

Dort sah das Mädchen eines Tages eine Karawane durch die nahegelegene Steppe ziehen. Sie lief auf die Karawane zu und neugierig fragte sie den Führer, woher er käme. „Aus Iram“, war die Antwort. Da war das Mädchen ganz aufgeregt; „Aus Iram?“ „Ja, aus Iram“, entgegnete der Mann auf seinem Kamel, „und die Prinzessin hat immer noch niemanden gefunden, der sie im Schachspiel besiegt! Haha! Den letzten, der es versucht hat, lässt ein Wesir an seiner Ölpresse schuften, bevor er ihm den Kopf abschlägt.“

In der Nacht schlich sich das Mädchen heimlich in den Palast des Padischahs, nahm eines der feurigen Pferde, zog an vier Stellen das Zaumzeug fest, legte die Kleidung eines Kriegers an, die sie im Stall gefunden hatte, setzte sich eine Mütze mit Zobelrand auf und befestigte einen Isfahaner Säbel an ihrem Gürtel. Sie schwang sich auf den Sattel und gab dem Pferd die Sporen. Das Pferd spitzte die Ohren, schlug mit dem Schweif und raste durch die Steppe.

Nach vielen Tagen kam sie nach Iram, fand auch den Palast des Padischah, sprang vom Pferd und stürmte an den Dienern vorbei ins Gemach der Prinzessin. Diese stand vor Schreck wie versteinert an ihrem Spieltisch. Vor sich sah sie einen Krieger in prächtiger Rüstung und mit feurigen Augen. „Was wagst du, hier einzudringen?“, fragte sie, als sie die Sprache wiedergefunden hatte. „Diener, nehmt ihn gefangen und schlagt ihm den Kopf ab!“ „Nein“, antworte das Mädchen, „ich bin gekommen, um dich im Schachspiel zu besiegen!“ Da lachte die Prinzessin und zeigte auf den Spieltisch. „Nun, bevor du geköpft wirst…“, und die Prinzessin setzte sich und tat den ersten Zug. Bereits nach wenigen Zügen schrie sie auf: „Weh mir, du hast mich besiegt! Jetzt muss ich deine Frau werden! Wie viele Prinzen haben schon meinetwegen den Kopf verloren. Du aber hast weder einen Schnurrbart noch einen Bart und konntest mich besiegen. So muss ich deine Frau werden!“ Da zog das Mädchen ihren Säbel und rief: „Wie viele Menschen haben deiner Launen wegen ihren Kopf verloren? Deine letzte Stunde ist gekommen!“ Da brach Akbiljak in Tränen aus. „Wehe mir Unglücklichen! Bin ich denn schuld? Ein böser Zauberer hat mich am Tage meiner Geburt verwünscht. Ich kann nicht eher heiraten, bis ein Mensch kommt und mich im Schachspiel besiegt. Du hast mich erlöst, tue mit mir, was du willst.“

Das Mädchen glaubte den Worten der Prinzessin. Sie legte die Männerkleider ab und die Prinzessin traute ihren Augen nicht. Vor ihr stand ein Mädchen, das sie im Schachspiel besiegt hatte! Das Mädchen erzählte ihre Geschichte und nahm der Prinzessin das Versprechen ab, bei der Wahl eines Bräutigams künftig nicht auf das Schachspiel zu vertrauen, sondern auf ihr Herz. Dann bat das Mädchen, den nichtsnutzigen Prinzen suchen zu lassen, wenn er noch lebt.

Beide stiegen aufs Pferd und ritten zur Ölpresse des Wesirs, um zu sehen, ob der Prinz, dieser Tunichtgut, noch am Leben war. Als dieser das Mädchen erkannte, erschrak er so, dass er mit dem Kopf in einen Misthaufen fiel. „Dieser Mensch stinkt ja auf hundert Schritt Entfernung“, rief die Prinzessin. „Wenn er der Sohn des Padischahs von Adsham ist, will ich ihn verschonen. Andernfalls lasse ich ihm den Kopf abschlagen!“

Da warf das Mädchen eine Fangleine um die Füße des Prinzen, zog ihn aus dem Misthaufen heraus und sagte zu der Prinzessin: „Nehmt ihn zu euch. Was ihm der Lehrer nicht beibringen konnte, das hat ihn das Leben gelehrt. Und irgendwann wird auch er euch im Schachspiel besiegen. Und dann…“ Der nichtsnutzige Prinz fiel auf die Knie und flehte: „O Prinzessin! Der Herrscher von Adsham ist wirklich mein Vater! Verschont mich!“

Aber die letzten Worte verwehte der Wind. Das Mädchen war auf ihr Ross gesprungen und in ihre Heimat zurückgekehrt.

Der Padischah von Adsham war verschwunden. Niemand konnte ihn finden. Einige behaupten, dass ein Löwe ihn in der Wüste getötet habe. Darum wählte das Volk das Mädchen, als es zur Frau herangewachsen war, zur Herrscherin von Adsham.

(Märchen aus Usbekistan)

Der Junge und die Maismutter

Kurz nachdem die Welt erschaffen, lebten die Creek im Norden Amerikas in einfachen Hütten, zogen im Lande umher und suchten mühsam ihre Nahrung. Eines Tages tauchte in einem Lager am Ufer eines Flusses eine alte Frau auf, die sehr abgerissen und halb verhungert aussah. Die Männer waren alle auf der Jagd und die meisten Frauen und Mädchen sammelten am Flussufer Wurzeln und Wildgemüse. Nur ein paar Kinder waren im Lager geblieben, um das Feuer zu unterhalten. Als sie das alte Weib sahen, sagten sie zu ihr: „Hier ist kein Platz für dich. Warum gehst du nicht ins nächste Lager? Wir haben nichts zu verschenken."

Ohne ein Wort zog die Alte weiter und war bald im Walde verschwunden. Aber im nächsten Lager erging es ihr nicht anders, auch hier wollte man nichts von ihr wissen und schickte sie fort. Auch im dritten Lager sah man sie mit Verachtung an. Schließlich kam sie an ein Lager, das nur aus ein paar Reisighütten bestand, die den Mitgliedern des Alligator-Clans gehörten. Weder Kriegstrophäen noch kostbare Felle waren an den Hütten seiner Mitglieder zu sehen. Als die Alte bescheiden und schüchtern um Nahrung und einen Platz am Feuer bat, sagten die Frauen: „Komm her, Alte, hier bei uns ist Platz genug und etwas zu essen wird sich auch noch finden lassen. Du musst einen langen Weg hinter dir haben und recht hungrig sein." Nachdem die alte Frau gegessen hatte, ließen sie sie am Feuer schlafen, denn dort war der beste Platz.

Am nächsten Morgen zogen die Männer des Alligator-Clans wie gewöhnlich hinaus in den Wald, um Hirsche zu jagen, während die Frauen Wurzeln und Beeren suchen gingen. Der alten Frau vertrauten sie das Lager an, damit sie das Feuer nicht ausgehen lasse und auf die Kinder ein Auge habe. Niemand kannte die Alte, doch vertraute ihr jeder, denn bei ihrem Clan war noch nie etwas weggekommen. Niemand fürchtete daher, dass die Alte etwas stehlen könnte.

Die alte Frau aber war die Maismutter selbst, die in dieser unscheinbaren Gestalt auf die Erde gekommen war.

Als die Männer und Frauen gegen Abend zurückkehrten, erklärten die Kinder, dass sie bereits gegessen hätten. Voller Erstaunen hörten die Erwachsenen: „Die alte Frau hat für uns alle zu essen gehabt! Und ihr Essen schmeckt besser als die Wurzeln und Beeren, die wir sonst bekommen.“ Da sagte der Clan-Älteste zu den Kindern: „Sagt der Alten, dass sie mir etwas von ihrem Essen aufheben soll, denn ich bin gespannt, was das wohl sein könnte.“ Aber auch er musste am nächsten Abend zugeben, dass der Brei besser schmeckte als alles, was er bisher gekostet hatte. Er bemühte sich, hinter das Geheimnis der alten Frau zu kommen, aber alle Anstrengung war vergeblich. Er fand nie heraus, woher die fremde Frau die Zutaten zu ihrem Essen nahm.

Eines Tages war die Alte verschwunden. Ebenso plötzlich, wie sie erschienen war, hatte sie das Lager verlassen. Niemand hatte sie fortgehen sehen und niemand konnte sagen, wohin sie wohl geraten war. Einer der Jungen jedoch konnte den Geschmack des seltsamen Mahles, das die Alte gekocht hatte, nicht vergessen. Kaum hatte er die Kriegerweihen hinter sich, da beschoss er, auf die Suche nach der alten Frau zu gehen, die ja gewiss nicht weit sein konnte.

Lange wanderte er im Lande umher, durchwatete Flüsse, stieg über Bergketten und durchzog Wälder und Sümpfe. Aber in keinem Lager, in das er kam, wusste man etwas von der alten Frau. Als er eines Abends entmutigt und niedergeschlagen ganz allein am Feuer saß, übermannte ihn der Schlaf. Als er aufwachte, stand vor ihm eine alte Frau mit weißem Haar, das ihr bis über den Rücken herabhing. Der Junge war sehr erschrocken, denn er fürchtete, einem Zauberwesen ausgeliefert zu sein. Erst als die Alte näher ans Feuer trat, erkannte er die Langgesuchte. Freudig begrüßte er sie und flehte sie an, doch mit ihm wieder ins Lager des Alligator-Clans zurückzukehren. Die Alte aber wehrte ab und sprach: „Ich kann nicht bei dir bleiben, doch wenn du meinen Rat befolgst und tust, was ich dir auftrage, wirst du mich nie vermissen.“

Darauf führte sie den Jungen an eine Stelle am Fluss. Hier stand das gelbe vorjährige Gras hüfthoch. „Lege Feuer an und brenne das Gras ab“, befahl sie, „frage nicht nach dem Grunde, du wirst schon sehen“. So tat der Junge ihr den Gefallen und legte einen Feuerbrand an jene Stelle. Bald stoben die Funken himmelhoch und knatternd fraß sich das Feuer durch die Lichtung; bald war von dem Gras nur noch die Asche übrig. Da sprach die Alte wiederum: „Nimm mich bei den Haaren und schleife mich kreuz und quer über die verbrannte Erde. Überall dort, wohin du mich schleifst, wird neues Gras aus dem Boden schießen; zwischen den Blättern aber wirst du mein Haar hervorschauen sehen. Wenn das der Fall ist, dann ist der Samen reif. Das ist das Geheimnis der Speise, derentwegen du soweit gewandert bist.“

Der Junge machte sich sogleich an die Arbeit und schleppte die Alte an den Haaren über die Lichtung.

Kreuz und quer ging der Weg, bis auch nicht ein Stückchen des Bodens unberührt geblieben war. Kaum hatte er seine Arbeit beendet, da war die Frau aus seinen Händen verschwunden. Langsam ging er zum Feuer zurück und überdachte das Erlebte.

Als der junge Krieger am nächsten Morgen wieder auf die Lichtung trat, stand dort ein seltsames Gras, das ihm bis über den Kopf reichte. Überall zwischen den breiten Blättern aber sah er lange Strähnen von dem Haar der alten Frau. Bis zum heutigen Tage tragen die Maiskolben am oberen Ende einen Haarschopf, und die Creek wissen, dass die Maismutter sie nicht vergessen hat.

(Märchen der Creek/Nordamerika)

Wie der arme Junge den Khan bezwang

Vor langer, langer Zeit lebte ein Khan, der ein großes Reich beherrschte und viele Untertanen hatte. Seine Vorväter hatten ein Gesetz erlassen, dass jeder Greis getötet werden soll, der einen einjährigen Stier nicht mehr festhalten konnte. Der Khan wachte streng darüber, dass dieses Gesetz eingehalten wurde.

Einmal entschloss sich ein Jüngling, seinen Vater zu retten. Er grub eine Grube, legte sie mit Fellen und Kissen aus, setzte den alten Vater hinein und brachte im täglich etwas zu essen. Er bedeckte die Grube mit Holzplanken, in die er kleine, unsichtbare Löcher bohrte.

Als die Beamten des Khans durch die Dörfer liefen, um nach Greisen zu suchen, klagte ihnen der Jüngling unter Tränen, dass sein Vater gestorben sei. Die Beamten glaubten ihm und liefen weiter.

Eines Tages ging der Jüngling am Palast des Khans vorbei und sah dort viele Menschen stehen. Sie starrten auf einen Baumstamm, der an beiden Enden gleichmäßig abgesägt war. Der Khan des Nachbarreiches hatte diesen Stamm geschickt, mit der Drohung, er würde das Land mit Krieg überziehen, wenn niemand erraten kann, wo der Baum die Wurzeln und wo die Krone gehabt hatte. Die Bedenkzeit näherte sich ihrem Ende, aber niemand wusste Rat. Da verkündete der Khan, dass er denjenigen, der das Rätsel löst, mit einem Sack Gold belohnen würde. Der Jüngling hörte davon und lief eilends zu seinem Vater. In der Dunkelheit der Nacht öffnete er die Grube und fragte seinen Vater, ob er das Geheimnis lüften könne. „Das ist eine leichte Aufgabe“, gab der Alte lächelnd zur Antwort. „Man muss den Baumstumpf in einen reißenden Strom werfen. Dann wird er von der Strömung mit dem oberen Ende, also dort, wo die Krone war, nach vorn schwimmen.“

Am Morgen eilte der Jüngling zum Khan und dieser ließ den Baumstamm in den reißenden Grenzfluss werfen. Der Baumstamm drehte sich und der Jüngling zeigte nach vorn. „Dort vorn, dort war die Krone!“ Der Nachbarkhan, der am jenseitigen Ufer alles beobachtet hatte, ging wütend in seinen Palast zurück. Der Jüngling jedoch wurde mit einem Sack voll Gold für seine Weisheit belohnt.

Der Nachbarkhan aber konnte seine Niederlage nicht ertragen. Lange grübelte er und dann ließ er ein sonderbares Tier in den Palast des Nachbarkhans bringen, mit der Botschaft, dass er das Land mit Krieg überziehen würde, wenn keiner herausfände, wo ein solches Tier lebt und wie man es tötet. Das Tier war so groß wie ein zweijähriger Stier, hatte unzählige scharfe Zähne, zwölf Beine und einen durchsichtigen Bauch.

Wieder standen die Beamten und Diener des Khans ratlos um dieses seltsame Wesen herum, rätselten und zerbrachen sich die Köpfe. Der Khan befahl einem der Diener, das Tier des Nachts zu bewachen. Am nächsten Morgen aber war von dem Diener kein einziger Knochen übriggeblieben. So geschah es Nacht für Nacht. Ein Diener nach dem anderen wurde von dem Ungetüm verschlungen. Nun war die Reihe an dem Jüngling. Am Abend sollte er in den Palast kommen und die Wache über dieses grausige Tier übernehmen.

In seiner Verzweiflung eilte er zu seinem Vater, schaute sich um, ob ihm jemand gefolgt war und öffnete die Grube. Als der Vater vernommen hatte, was dem Jüngling bevorstand, sagte er: „Verzweifle nicht, mein Sohn! Es ist eine gemästete Laus. Wenn sie dich angreift, dann drücke zwei Fingernägel gegeneinander. Das fürchtet sie so, dass sie von dir ablässt."

Der Sohn tat, was der Vater ihm geraten hatte. Am Morgen lugten die Diener des Khans durch einen Türspalt und sahen, dass er am Leben war. Sie eilten zum Khan und als dieser hörte, dass der Jüngling noch lebt, ließ er ihn vor sich kommen und fragte, was das für ein Tier sei, das er nachts bewacht hat. Der Jüngling schaute den Khan an und sagte: „Es ist eine gemästete Laus!"

Als der Khan diese Worte hörte, verschlug es ihm die Sprache. Dann sagte er: „Du hast nicht nur dein Leben gerettet, sondern unser ganzes Land. Verlange, was du möchtest." „Es macht mich glücklich, diese Worte aus eurem Mund zu hören. Aber es ist nicht mein Verdienst." Der Jüngling sank auf die Knie: „Beide Rätsel löste mein alter Vater. Ich habe ihn in einer Grube versteckt, damit Ihr ihn nicht töten lasst. Ich bitte Euch, hebt das Gesetz auf, nach dem alle schwachen Greise getötet werden."

Der Khan schaute den Jüngling lange an. Dann aber befahl er seinen Beamten, die Menschen des ganzen Landes herbeizuholen. Als das Volk versammelt war, hob er das alte Gesetzt auf und erließ ein neues. Nach diesem neuen Gesetz sollte jeder die alten Menschen ehren und achten.

(Märchen aus der Mongolei)

Der kluge Knabe und der Büffelbulle

Ein Beamter des Königs suchte kluge und begabte Männer für den Staatsdienst. Nachdem er sich an vielen Orten umgesehen hatte, sah er am Rande des Dorfes einen Bauern, der mit einem Wasserbüffel sein Feld pflügte. Sein Sohn half ihm dabei. Der Mandarin hielt sein Pferd an und fragte: „Bauer, kannst du mir sagen, wie viele Furchen dein Büffel am Tag zieht?" Der Bauer wusste nicht, was er sagen sollte.

Der Sohn hatte die Frage gehört, kam näher und fragte: „Darf ich den hohen Mandarin bitten, uns zu sagen, wie viele Schritte euer Pferd am Tage läuft?" Dem Mandarin ging es nun genauso wie dem Bauern; er wusste keine Antwort.

„Ein kluger Junge", dachte der Mandarin und ritt zurück an den Hof. Dort berichtete er dem König von seiner Reise und dem Erlebnis mit dem Bauernjungen. Dem König gefiel die Schlagfertigkeit des Jungen und er wollte ihn auf die Probe stellen. Er schickte einen Diener mit drei Säcke Klebereis und drei Büffelbullen zu dem Dorf, in dem der Bauer mit seinem Sohn lebte und sagte: „Ich erwarte von den Dorfbewohnern, dass sie mit diesen drei Büffelbullen neun Kälber züchten und sie mir diese nächstes Jahr bringen. Wenn sie diesen Befehl nicht befolgen, werde ich das ganze Dorf bestrafen." Bei dieser Nachricht geriet das ganze Dorf in helle Aufregung. So einen unsinnigen Befehl hatten sie noch nie gehört. Sie riefen eine Versammlung ein und überlegten, wie sie der Aufforderung des Königs nachkommen könnten. Selbst die Ältesten wussten keinen Rat.

Als der Sohn des Bauern sah, dass sein Vater mit hängendem Kopf von der Dorfversammlung zurückkam, fragte er ihn nach dem Grund. Der Vater erzählte von dem Befehl des Königs. „Nichts leichter als das", sagte der Junge, „ich gehe morgen mit dir zu der Versammlung und werde euch dort sagen, wie das Problem gelöst werden kann." Als die Männer versammelt waren, trat der Junge vor den Ältesten und sprach: „Überlasst mir einen Büffelbullen und einen Sack Klebereis. Die anderen Büffel aber schlachtet und lasst sie euch mit dem Reis gut schmecken. Ich werde dann rechtzeitig zum König gehen und die Angelegenheit klären." Die Bauern lachten und niemand nahm den Jungen ernst. Doch er bestand hartnäckig darauf und verpflichtete sich schriftlich, die alleinige Verantwortung für sein Handeln zu übernehmen. Da die Bauern selber keinen Rat wussten, stimmten sie schließlich seinem Plan zu. Die Büffel wurden geschlachtet, der Reis gekocht und es wurde ein Festmahl bereitet, an dem das ganze Dorf teilnahm.

Als das Jahr vergangen war, ritt der Junge auf dem Büffel in die Stadt zum Königshof. Er ließ den Büffel bei der Torwache und ging furchtlos in den Königsaal. Dort kniete er vor dem Thron des Königs nieder und fing laut an zu weinen und zu schluchzen. Der König war über das Verhalten des Jungen überrascht. Er fühlte sich gestört, und missmutig fragte er: „Was soll das? Kommst zu mir ins Schloss und weinst und jammerst mir etwas vor!" Der Junge blickte auf und sprach: „Möge eure Majestät lange leben! Meine Mutter ist früh gestorben, und ich habe nur noch meinen Vater. Tag und Nacht flehe ich den Himmel an, ihm noch einige Kinder zu schenken, damit ich nicht so alleine bin. Aber all die Jahre habe ich vergeblich gewartet und muss vor Trauer weinen. Da Eure Majestät über große Weisheit verfügt, bitte ich euch um Rat. Was kann ich tun, damit ich endlich Geschwister bekomme?" Das Gesicht des Königs hellte sich auf und er fing an zu lachen: „Wenn du dir Geschwister wünschst, dann muss dein Vater sich eine Frau suchen, denn wie soll dein Vater alleine ein Kind bekommen?" „Was eure Majestät sagt", antwortete der Junge, „ist mir wohl bekannt. Es ist doch das Selbstverständlichste auf der Welt, dass es einer Frau und eines Mannes bedarf, um Kinder zu bekommen. Doch vor einiger Zeit haben Eure Majestät unserem Dorf drei Büffelbullen ohne Büffelkühe übergeben mit der Auflage, dass wir mit den Büffelbullen neun Kälber züchten, die wir heute bei euch abliefern sollten. Dieser Befehl hat unser ganzes Dorfes in Verlegenheit gebracht, da niemand wusste, wie dies anzustellen sei." Der König stieg lächelnd von seinem Thron herab, setzte sich neben den Jungen und sagte: „Ich wollte dich nur auf die Probe stellen. Aber sag, warum habt ihr die Büffel nicht geschlachtet und gemeinsam gegessen?"

„Eure Majestät möge Gnade walten lassen. Wir haben es ohne Euren Befehl bereits getan." Dem König gefiel die Schlagfertigkeit und Klugheit des Jungen, er ließ ihn als Berater an seinen Hof kommen. Dort erhielt er die Robe eines Gelehrten und wurde ein hoher Mandarin.

(Märchen aus Vietnam)

Das linke Auge des Königs

Unweit des königlichen Schlosses lag der Markplatz der Hauptstadt. Aus allen Ecken und Enden des Landes kamen hier Menschen zusammen, um ihre Waren zu verkaufen.

Eines Tages schlurfte ein alter Mann durch das Gedränge. Mühsam zog er einen Ochsen hinter sich her. Es war ein schönes Tier und rasch versammelten sich viele Käufer um ihn. „Was für ein schöner Ochse, Großväterchen! Was verlangst du denn für ihn?“, fragte einer von ihnen. „Das linke Auge des Königs“, gab er zur Antwort. Alle schauten ihn erschrocken an. Wieso wagte es der Alte, so etwas zu sagen? Wenn der König ihn hört, wird er ihm den Kopf abschlagen!

Nach einer Weile fragte ein anderer nach dem Preis für den Ochsen und wieder antwortete der Alte: „Das linke Auge des Königs.“ Schnell verbreitete sich diese seltsame Antwort über den ganzen Markt und bald erfuhr auch der König davon.

Sofort gab er Befehl, den alten Mann zu ihm zu bringen. Als der Alte vor ihm stand, frage er: „Na, Alter, warum willst du für deinen Ochsen mein linkes Auge haben?“ „Ach, verzeiht, Herr! Ich kann es nicht sagen.“ Aber der König drang in ihn und so sagte der Alte nach einer ganzen Weile: „Ich habe eine Tochter. Der kann ich nichts abschlagen. Sie hat mir aufgetragen, den Ochsen nur gegen das linke Auge des Königs herzugeben.“

Der König ließ den Alten frei, aber er befahl ihm bei Todesstrafe, das Mädchen zu ihm zu bringen. Noch am selben Tag stand sie vor ihm. „Warum hast du deinem Vater geraten, für den Ochsen mein linkes Auge zu verlangen?“ „Weil ich dich sehen wollte! Sonst hättest du mich niemals empfangen.“ „Und wozu willst du mich sehen?“ „Damit ich dir sagen kann, was das Volk von dir denkt.“ Dem König verschlug es die Sprache. Dann kam jedes Wort wie das Zischen einer Schlange aus seinem Mund: „Nun, lass hören!“ „Das Volk sagt: ‚Der König braucht das linke Auge nicht.‘“ „Wieso denn das?“, fragte er. „Wenn die Menschen dieses Landes zu dir kommen, um Recht und Gerechtigkeit zu verlangen, dann lässt du die Reichen an deiner rechten Seite sitzen, die Armen an deiner linken. Immer starrst du nur auf die Reichen, niemals auf die Armen. Deshalb sagt das Volk, dass du auf dem linken Auge blind bist.“

Der König kochte vor Wut und befahl, das Mädchen einzusperren. Aber das Mädchen und ihre Antwort gingen ihm nicht aus dem Kopf. Und so entschloss er sich zu prüfen, ob das Mädchen wirklich klug ist. Darum befahl er, sie zu ihm zu bringen. „Na, Mädchen, wenn du wirklich so gescheit bist, dann sage mir, wie groß mein Reichtum ist.“ „Ich werde es dir sagen, wenn du dich mir für sieben Tage unterwirfst und genau das tust, was ich dir befehle.“ „Einverstanden, aber wenn du mir nicht die richtige Antwort gibst, lass ich dir den Kopf abschlagen. Also nochmal: Wie groß ist mein Reichtum?“ „Dein Reichtum hat den Wert eines Huhns“, antwortete das Mädchen. „Tötet sie sofort! Sie verspottet mich!“, schrie er, rot vor Wut. „In sieben Tagen kannst du befehlen, mich zu töten, jetzt aber befehle *ich*, wie du, glücklicher König, es gesagt hast!“, entgegnete ihm das Mädchen. Danach befahl sie, den König einzusperren, ohne ihm sieben Tage lang auch nur das Geringste an Essen zu geben.

Nach sieben Tagen ging sie zum Gefängnis und hielt dem König durch das Fenster ein Brathähnchen hin. Er streckte die Hände aus, um es zu packen, aber das Mädchen zog das Hähnchen zurück. „Was gibst du dafür?“, fragte sie. „Alles Gold, das ich habe!“ „Das ist zu wenig.“ „Meinen ganzen Reichtum!“ „Nun, habe ich nicht recht, dass dein ganzer Reichtum ein Huhn wert ist?“ Das Mädchen ließ den König frei.

Er sah, wie klug sie ist und er machte sie zu seiner Beraterin im Schloss.

(Märchen aus Bulgarien)

Das listige Mädchen

Am Rande des Dorfes, in einer kleinen Hütte, lebte einmal ein armer Mann mit seiner Tochter. Seine Frau war früh gestorben. Sie besaßen ein Kamel, ein Pferd und einen Esel. Jeden Tag machte der alte Mann sich auf den Weg in die Berge. Dort sammelte er Holz, das er auf dem Markt verkaufte. Von dem Erlös lebten sie. Das Mädchen arbeitete im Haus, kochte das Essen, wusch die Wäsche und reinigte das Haus.

Eines Tages führte der Mann sein Kamel mit einer Ladung Holz auf den Markt, als ein dicker, reicher Mann, ein Bey, Schatzmeister am Hofe, auf ihn zukam und sprach: „Was willst du für das Holz haben?" „Drei Tenga", sagte der Mann. „Gut" sagte der Bey, „du sollst für das Holz, wie es da ist, zehn Tenga bekommen, dafür musst du es mir aber auch nach Hause bringen!" Der arme Mann willigte freudig ein, waren es doch sieben Silbermünzen mehr als er gedacht hatte.

Er führte sein Kamel zum Hof des Beys und lud dort das Holz ab. Er erhielt das versprochene Geld, verabschiedete sich und wollte nun davongehen. „Halt, halt!", rief der Bey, „das Kamel bleibt hier!" Der Mann verstand nicht. „Nein, nein, es ist mein Kamel!" „Das war es", sagte der Bey, „jetzt gehört es mir! Ich habe das Holz gekauft, ‚wie es da ist', also zusammen mit dem Kamel, auf dem das Holz lag. Hätte ich dir Dummkopf sonst zehn Tenga bezahlt?"

Der Mann war entsetzt. Sie stritten und stritten und gingen schließlich zum Richter, der sollte entscheiden. Der Kadi fragte: „Ist es so, dass du das Holz, ‚wie es da ist', verkauft hast?" „Ja, Herr", antwortete der Holzsammler. „Aber das Kamel ist doch mindestens 300 Tenga wert!" „Das stimmt", sagte der Kadi, „aber das ist nicht meine Sache, du bist selbst schuld! Du hättest nicht einwilligen dürfen, das Holz so zu verkaufen ‚wie es da ist'!" Der Kadi befahl, das Kamel dem reichen Bey zu geben. Der Mann ging weinend nach Hause. Seiner Tochter erzahlte er nichts.

Am nächsten Tag sammelte der Mann wieder Holz und bepackte damit sein Pferd. Kaum war er auf dem Basar, kam wieder der Bey. „Wie viel willst du heute für das Holz haben?" „Drei Tenga", sagte der Mann. „Nimm zehn Tenga für das Holz, ‚wie es da ist'!" Der arme Mann hatte vergessen, was ihm gestern widerfahren war, zehn Tenga, das war ein sehr guter Gewinn! Er stimmte zu, und es geschah alles wie am Vortag. Er verlor auch noch sein Pferd.

Betrübt und beschämt ging er nach Hause, seiner Tochter sagte er aber wieder nichts. Am dritten Tag ging der Mann mit dem Esel in die Berge, um Holz zu sammeln. „Vater“, sagte das Mädchen, „das letzte Mal bist du ohne Kamel und ohne Pferd zurückgekommen. Wir haben nur noch den Esel, und den wird man dir auch noch wegnehmen. Besser, ich verkaufe heute das Holz!“ Der Mann war damit einverstanden und als er mit dem bepackten Esel zurückkam, führte das Mädchen den Esel auf den Basar.

Der Bey wartete schon. „Gut“, dachte er, „diesmal werde ich das Mädchen überlisten!“ „Was verlangst du für das Holz?“ „Drei Münzen“, sagte das Mädchen. Der Bey sprach: „Nimm für das Holz, ‚wie es ist‘, fünf Tenga!“ Das Mädchen antwortete: „Werdet ihr mir auch für das Holz das Geld, ‚wie es ist‘, geben?“ „Ja, einverstanden, bring mir das Holz nach Haus“, sagte der Bey und freute sich über seine Schlauheit.

Das Mädchen lud das Holz vom Esel und fragte den Bey: „Wo soll ich den Esel anbinden?“ Der Bey freute sich, rieb sich die Hände und zeigte ihr einen Platz. Das Mädchen band den Esel fest und bat um das Geld für das Holz. Der Bey reichte ihr das Geld, das Mädchen aber packte ihn flink bei der Hand und sagte: „Als wir um den Preis feilschten, habt Ihr gesagt, Ihr würdet mir das Geld geben, ‚wie es ist‘. Gebt mir also das Geld zusammen mit Eurer Hand!“ Der Bey war erbost, sie stritten und stritten, bis die Nachbarn herbeiliefen und beide zum Kadi führten. Der Kadi hörte sich die Geschichte an, drehte und wandte sich, erdachte tausend Listen, um dem reichen Bey recht zu geben. Aber das Mädchen beharrte auf ihrem Recht. Schließlich riefen die Leute laut: „Das Mädchen hat recht, sie ist klug!“ Der Kadi wollte einen Aufruhr vermeiden, dachte nach und entschied: „Bey, gib deine Hand her!“ Der Bey jammerte und klagte: „Nein, das könnt Ihr nicht verlangen, wie soll ich ohne Hand leben?“ „Gut“, sagte der Richter, „dann kauf dich mit fünfzig Goldstücke los.“

Zitternd zahlte der Bey die Goldstücke. Aber es tat ihm leid um das Geld und so schlug er dem Mädchen vor allen Leuten eine Wette vor: „Wer von uns am besten lügen kann, der bekommt vom anderen fünfzig Goldstücke.“ „Einverstanden“, sagte das Mädchen. „Aber ihr seid älter an Jahren, Herr, euch gilt der Vortritt, fangt an!“ Der Bey setzte sich bequem hin, räusperte sich und begann: „Ich habe einmal Weizen gesät. Das Korn ist so groß gewachsen, dass man sich mit einem Kamel oder Pferd darin verirren konnte. Vierzig Ziegen sind in das Feld geraten und nicht mehr zum Vorschein gekommen. Als der Weizen reif war, mähten und droschen Schnitter den Weizen, aber die Ziegen waren nicht zu finden. Aus dem Weizenmehl lies ich einen Fladen backen. Als ich ein Stück abbrach und zu essen begann, hörte ich plötzlich ein Meckern. Aus meinem Mund sprang eine Ziege und noch eine und noch eine. Sie waren so fett geworden wie vierjährige Stiere.“

Das Mädchen klatschte in die Hände, lachte und rief: „Ja, sehr richtig! Ihr habt die Wahrheit gesagt, denn so etwas kommt häufig auf der Welt vor. Jetzt hört mir zu. Eines Tages säte ich mitten in unserem Dorf einen Baumwollsamen. Die Baumwollpflanze wuchs und wuchs zu einem gewaltigen Baum, dessen Schatten nach allen Seiten so weit reichte, dass man mit einem Pferd einen Tag reiten musste, um wieder die Sonne zu sehen. Als die Baumwolle reif war, kamen fünfhundert Frauen und pflückten und säuberten die Baumwolle. Für den Erlös kaufte ich vierzig Kamele, bepackte sie mit kostbaren Baumwollstoffen und schickte meine beiden Brüder damit nach Buchara, sie sollten dort die Stoffe auf dem Basar verkaufen. Drei Jahre lang habe ich von ihnen nichts mehr gehört. Nun kam die traurige Nachricht, dass sie ermordet wurden. Und jetzt, ihr Leute und Herr Kadi, sehe ich, der Bey trägt das Gewand meines mittleren Bruders. Den trug er, als er nach Buchara zog. Bey, ihr habt also meine Brüder getötet und ihre Waren und Kamele gestohlen!"

Der Bey begann zu schwitzen. Er überlegte hin und her: Wenn er zugab, dass die Geschichte des Mädchens wahr ist, müsste er zwar nicht die Goldstücke zahlen, aber man würde ihn wegen Mordes verurteilen und ihm den Kopf abschlagen. Ihm blieb nichts anders übrig als zu sagen, es sei eine Lüge. Der Bey überlegte hin und her, er fand keinen Ausweg. Schließlich holte er das Gold hervor und sagte zähneknirschend: „Das Mädchen hat eine Lüge erzählt, zum ersten Mal in meinem Leben hat mich jemand überlistet!" Das Mädchen aber nahm vergnügt die 100 Goldstücke, Kamel, Pferd und Esel und kehrte fröhlich zu seinem Vater zurück.

(Märchen aus Usbekistan)

Der Khan mit den Eselsohren

Vor langer Zeit lebte im fernen China ein Khan. Sein Name war Daibung. Als er alt geworden war, bestieg sein Sohn den Thron. Der neue Khan aber zeigte sich den Menschen in seinem Land nicht ein einziges Mal. Jeden Tag ließ er einen Jüngling in den Palast kommen, um ihm die Haare zu kämmen. Danach tötete er ihn. So ging es lange Zeit.

Eines Tages kamen die Häscher des Khans in ein entferntes Dorf und wollten den einzigen Sohn einer alten Frau holen und zum Khan bringen. Die Mutter des Jungen war verzweifelt. Dann aber zog sie ihm ein frisches Gewand an, knetete aus Mehl und mit der Milch ihrer Brust einen Teig und formte daraus kleine Brotkügelchen. Sie sagte zu ihrem Sohn: „Wenn du die Haare des Khans kämmst, so stecke ein Kügelchen nach dem anderen in deinen Mund und zeige mit einem Lächeln, wie dir die kleinen Bissen schmecken."

Der Jüngling steckte die Brotkügelchen in sein Wams und wurde zum Khan gebracht. Als er ihm mit einem goldenen Kamm das Haar kämmte, sah er, dass der Khan Eselsohren hat. „Aha", dachte er, „deshalb lässt der Khan alle töten, die ihm die Haare kämmen! Es soll ein Geheimnis bleiben, dass er Eselsohren hat!" Er kämmte weiter und steckte sich ein Brotkügelchen nach dem anderen in den Mund und lächelte. Der Khan fragte verwundert: „Was isst du da?" „Brotkügelchen, Euer Ehren!" „Gib mir auch davon!", befahl der Khan. Er kostete und sie schmeckten ihm vorzüglich. „Was ist denn das für eine Mischung? Geruch und Geschmack sind vortrefflich!", sagte er. „Meine Mutter hat sie mit der Milch aus ihrer Brust geknetet und mir mitgegeben." Da dachte der Khan: „Wir haben von der Milch der gleichen Mutter gekostet. Wie kann ich jemanden töten, der so zu meinem Bruder geworden ist?" Lange schwieg er, doch dann sagte er: „Ich kann dich nicht töten. Geh nach Hause, aber wenn du das Geheimnis meiner Ohren verrätst, bist du des Todes!" „Niemand, o Khan, wird jemals erfahren, was ich gesehen habe!" rief der Jüngling und stürmte aus dem Palast.

Er kehrte nach Hause zurück und niemand erfuhr davon, was er im Palast des Khans gesehen hatte. Auch seiner Mutter verriet er das Geheimnis nicht. Der Khan aber ließ nicht ab von seiner mörderischen Gewohnheit. Jeden Jüngling, der ihm fortan das Haar kämmte, ließ er töten.

Tage vergingen und der Junge wurde krank. Das Geheimnis zehrte an seinen Kräften. Schließlich konnte er sich nicht mehr aufrecht halten, legte sich auf die Reismatte und wollte sterben. Die Mutter rief den

Arzt, der fühlte ihm den Puls und schaute ihn lange an. Dann sagte er: „Dir hilft keine Arznei. Du hast eine schwere Last auf dem Herzen. Wenn Du aussprichst, was Dich bedrückt, kannst Du genesen." Aber der Jüngling schloss die Augen und schwieg. Die Mutter blieb an seinem Bett hocken und bat ihn: „Sag, was dir das Herz krank macht!" „Ich wollte es schon sagen", flüstere der Junge kaum hörbar, „aber wenn ich es verrate, wird der Khan mich töten!" „So geh in eine menschenleere Einöde", entgegnete die Mutter, „suche eine Erdspalte oder einen hohlen Baum oder die Ritze eines Felsens und sprich dein Geheimnis hinein!" Der Jüngling erhob sich mühsam und schleppte sich aus dem Dorf hinaus in die Einöde. Lange suchte er, bis er in einem Baum das Nest eines Eichhörnchens fand. Da rief er hinein: „Der Khan hat Eselsohren!" Viermal wiederholte er den Ruf und wurde auf der Stelle gesund.

Seine Worte aber wurden vom Wind weitergetragen und drangen bis zu den Menschen. Bald hörte auch der Khan davon. Voller Zorn rief er den Jüngling zu sich und schrie: „Wie konntest du es wagen, mein Geheimnis zu lüften. Auf den Tod hatte ich es dir verboten!" „Es war der Wind, der meine Worte weitergetragen hat, großer Khan. Ich habe sie in das Nest eines Eichhörnchens gesprochen!" Der Khan sah den Jüngling lange an und dachte bei sich: ‚Er hat recht. Es war der Wind, der mir die Worte zugetragen hat. Wie kann ich ihn töten, da er sein Versprechen gehalten hat, das Geheimnis keinem Menschen zu sagen?' Und er sagte: „Weißt Du vielleicht, wie ich die Eselsohren vor den Blicken der Menschen verbergen könnte?" Der Jüngling dachte nicht lange nach und sprach: „Großmächtiger Khan! Lass für Dein Haupt eine Mütze schneidern mit zwei langen Klappen an beiden Seiten für die Ohren. Die Klappen kannst Du nach unten knicken, dann hast Du eine Klappen-Mütze, die Deine Ohren verbergen!" Der Khan gab den Befehl, ihm umgehend eine solche Mütze anzufertigen. Noch am gleichen Tag setzte er sie auf sein Haupt, zog die Klappen herunter und zeigte sich so seinem Volk zum ersten Mal.

Von nun an ließ der Khan sein Haar wachsen, verbarg es unter der Klappenmütze und das Töten der Jünglinge hatte ein Ende.

Alle Menschen, die den Khan sahen, schauten voll Bewunderung auf seinen Kopfputz. Sie fanden Gefallen daran und bald trugen nicht nur alle Würdenträger in der Umgebung des Daibung-Khan eine solche Klappenmütze, sondern auch alle Einwohner des Landes.

Der Jüngling aber wurde zum Berater des Khans ernannt. Das ganze Volk lebte von nun an glücklich und wir noch glücklicher.

(Märchen aus der Mongolei)

Beim Teufel in der Lehre

In einem Dorfe lebte einmal ein altes Ehepaar. Sie hatten einen Sohn und den wollten sie etwas Ordentliches lernen lassen. „Ich werde mit ihm zum Schloss gehen und fragen, ob sie einen Lehrjungen gebrauchen können“, sagte der Vater. Die Mutter war damit einverstanden.

So ging der Vater mit seinem Sohn eines Morgens zum Schloss. Sie waren noch nicht weit gegangen, da stand plötzlich ein Mann mit schwarzen Kleidern vor ihnen, der fragte den Vater: „Wo willst du denn mit dem Jungen hin?“ „Hinauf aufs Schloss, dort soll er etwas lernen.“ „Gib ihn mir in die Lehre“, sagte der Mann. „Wer bist du denn und was soll er bei dir lernen?“, fragte der Vater. „Ich möchte, dass mein Junge ein Schmied wird.“ „Ich bin ein Schmied“, sprach jener. „Wo ist denn dein Hof und deine Werkstatt?“ „Hier“, sagte der Mann und sogleich stand dort ein Hof mit einer Schmiede. Nun, der Vater gab seinen Sohn für fünf Jahre in die Lehre. Sie hatten aber ausgemacht, dass er ihn während dieser fünf Jahre nicht besuchen dürfe.

Der Vater ging nach Hause und erzählte seiner Frau, wohin er den Jungen gegeben hat. Da schimpfte die Mutter: „Warum hast du ihm den Jungen gegeben? Wir wollten doch, dass er im Schloss lernt. Hol ihn von dort wieder fort!“ Da ging der Vater noch einmal zu dem Hof, aber der war menschenleer.

Fünf Jahre lang sahen und hörten die Eltern nichts von ihrem Sohn. Am Abend, bevor die Fünf-Jahres-Frist abgelaufen war, sprang durch das offene Fenster ein Knäul, fiel auf die Erde, rollte vor die Füße des Vaters und plötzlich stand sein Sohn vor ihm und sprach: „Vater, morgen kommst du, um mich zu holen, aber sie geben mich dir nicht. Man lässt zwölf Tauben fliegen, ich bin die dritte von links, du musst es erraten. Wenn nicht, komme ich von dort nicht mehr fort, denn ich bin beim Teufel in der Lehre!“ Dann verwandelte sich der Junge wieder in ein Garnknäul und sprang zum Fenster hinaus.

Am nächsten Morgen ging der Vater zu dem Hof. Der Teufel erwartete ihn schon: „Nun, willst du deinen Jungen holen?“ „Ja“, sagte der Vater. Da ließ der Teufel zwölf Tauben fliegen und sprach: „Wenn du deinen Jungen darunter herausfindest, kriegst du ihn.“ Der Vater sprach: „Ich habe dir keine Tauben gegeben, gib mir meinen Jungen wieder!“ „Entweder du erkennst, oder du verschwindest“, sagte der Teufel. Da schaute der Vater den Tauben nach und sagte: „Die dritte von links ist mein Junge.“ „Ja“, sagte der Teufel „du hast ihn erkannt, aber so leicht bekommst du ihn nicht, du musst dreimal raten. Komm morgen wieder!“

Der Vater ging nach Hause und erzählte seiner Frau alles. Am Abend sprang durch das offene Fenster ein Garnknäul herein, fiel auf den Boden und rollte dem Vater vor die Füße und plötzlich stand sein Sohn vor ihm. „Ach, Vater, morgen musst du wieder raten. Sie werden dir zwölf Knaben zeigen, davon sieht einer aus wie der andere, ich bin rechts von außen der zweite. Du musst mich erkennen!“

Am Morgen ging der Vater wieder zum Teufel, der fragte: „Willst du heut‘ wieder raten?“ Er nahm ihn mit. Da standen zwölf Knaben in einer Reihe vor ihm. Der Alte sah sie an und sprach: „Von außen der zweite ist mein Junge.“ Der Teufel ärgerte sich: „Ach, du hast ihn wieder erkannt. Komm morgen noch einmal.“

Der Vater ging nach Hause und als es Abend war, wartete er wieder auf seinen Jungen, aber vergeblich. Der Teufel hatte ihn in eiserne Ketten gelegt, die er am Hals des Jungen fest verschloss.

Als der Vater am nächsten Tag zu dem Hof kam, wusste er nicht, wie er seinen Sohn erkennen sollte. Der Teufel ließ zwölf Pferde frei. „Nun, erkennst du deinen Jungen?“ Der Vater schaute nach den Pferden, wie sie vor ihm auf und ab trabten. Er konnte seinen Sohn nicht erkennen, wusste nicht, was er sagen sollte. „Mein Junge“, sagte er, „ist gar nicht dabei.“ Da sagte Teufel zu einem Knecht: „Hol das dreizehnte Pferd aus dem Stall“. Das war lahm auf allen Vieren, nichts als Haut und Knochen. Der Teufel fragte: „Ist das dein Sohn?“ „Ja, das ist er“, antwortete der Vater. – „Du hast ihn erkannt“, sagte der Teufel ärgerlich, „nimm ihn und verschwinde!“

Als der Vater sich mit seinem Sohn auf den Heimweg machte, da begegnete ihnen ein Jäger, der Birkhühner schoss. „Vater“, sprach der Junge, „jetzt zeig ich dir, was ich beim Teufel gelernt habe. Ich verwandle mich in einen Habicht und schlage die Birkhühner und bring sie dir. Dann wird der Jäger kommen und mich kaufen wollen. Verkauf mich für hundert Taler.“ Kaum hatte der Junge es gesagt, da warf er sich zu Boden und verwandelte sich in einen Habicht. Er flog über die Birkhühner, schlug sie und brachte sie dem Vater. Der Jäger kam sogleich angelaufen: „Was für ein prächtiger Vogel, verkauf ihn mir.“ „Gut“ sagte der Vater, „für hundert Taler kannst du ihn haben.“ Der Jäger zahlte die Taler und ging stolz davon. Der Vater ging mit dem Geld nach Hause, aber kaum hatte er seine Kleider abgelegt, da stand der Junge auch schon vor ihm. Sie ließen es sich gut gehen, aßen und tranken nach Herzenslust.

Aber die hundert Taler reichten nicht lange. Da sagte der Sohn: „Vater, jetzt verwandle ich mich in einen kleinen Singvogel und setze mich auf deine Peitsche. Geh mit mir aufs Schloss und verkaufe mich dort an die Prinzessin für fünfzig Taler." Kaum hatte der Junge es gesagt, schon saß er als ein kleiner Vogel auf dem Peitschengriff. Der Vater ging damit zum Schloss, und der Vogel sang und pfiff die herrlichsten Lieder. Die Prinzessin kauft ihn für fünfzig Taler.

Der Alte ging heim, doch der Junge war schon vor ihm da. Von dem Geld lebten sie, bis das Geld aufgebraucht war. Da sprach der Knabe zu seinem Vater: „Unser Geld ist bald zu Ende. Ich verwandele mich nun in ein Pferd, reite mit mir auf den Markt und verkaufe mich für tausend Taler. Doch das Zaumzeug darfst du nicht verkaufen." Der Junge verwandelte sich in ein großes starkes Pferd und der Vater ritt auf seinem Sohn zum Markt. Von überall kamen die Händler. „Was für ein prächtiges Pferd!", riefen sie. Man bot fünfhundert Taler, siebenhundert Taler. „Nein", sagte der Vater, „tausend Taler, keinen Taler weniger."

In der Zwischenzeit schlug der Teufel in seinen Büchern nach und als er sah, dass der Junge als Pferd auf dem Markt stand, verwandelte er sich in einen Pferdehändler und mischte sich unter die anderen Händler. Er sah, wie die Händler feilschten, ging zu dem Vater und fragte: „Was soll das Pferd kosten?" Der Vater sprach: „Tausend Taler, keinen Taler weniger." Da drückte ihm der Teufel tausend Taler in die Hand, schwang sich auf das Pferd und jagte davon. Das ging so schnell, dass der Vater nur noch hinterherrufen konnte: „Halt, aber ohne das Zaumzeug!" Der Teufel gab dem Pferd die Peitsche und die Sporen und ritt in einen tiefen Wald. Dort wohnte seine alte Schwester. Da sie nicht zu Hause war, band er das Pferd am Dachrand fest, sodass es mit den Vorderfüßen in der Luft hing. Er ging in die Hütte und legte sich schlafen.

Als die Schwester des Teufels nach Hause kam, sah sie das Pferd. „Ach, was für ein schönes Pferd, das wird mein Bruder gebracht haben." Sie band das Pferd los, gab ihm Wasser und Heu. Dann ging sie in die Stube und weckte den Bruder. „Wie bist du mit dem Pferd umgegangen! Bindest es ans Dach!" Der Teufel fragte: „Hast du es etwa losgebunden?" – „Ja, natürlich und habe ihm zu Fressen und zu Saufen gegeben." - Der Teufel sprang auf und rief: „So wird er auf und davon sein!" Er lief vor die Tür, da war das Pferd weg und er sah, wie der Junge im Wald verschwand. Der Teufel verwandelte sich in einen Habicht und flog hinter dem Jungen her. Als der Junge das sah, verwandelte er sich in einen kleinen Vogel. So flogen sie durch den Wald, aber der Habicht hat gute Augen, er sah genau, wo der Junge war.

Hinter dem Wald lag ein See. Der Junge stürzte sich in das Wasser und verwandelte sich in einen Barsch. Der Teufel verwandelte sich in einen Hecht und jagte hinter ihm her. Der Barsch legte sich in den

Schlamm und versteckte sich. Der Hecht schoss darüber und konnte ihn nicht mehr sehen. Ärgerlich und wütend ging der Teufel wieder nach Hause. Der Junge schwamm als Barsch durch den See, einen Fluss hinauf bis zu einem Steg, wo jeden Morgen eine Dienerin kam und in einem Eimer das Waschwasser für die Königstochter holte.

Der Junge verwandelte sich in einen goldenen Ring und wurde mit dem Wasser in den Eimer gespült. Als die Prinzessin sich wusch, fand sie den Ring – einen kleinen goldenen Ring. Sie sah ihn an und probierte ihn. Er passte an jeden Finger. Am Tag war er ein Ring, aber in der Nacht verwandelte er sich zurück in einen schönen Jüngling und legte sich neben der Königstochter ins Bett. Zuerst erschrak die Königstochter, doch der Jüngling gefiel ihr. So hatte sie ihn nun tagsüber als Ring am Finger und nachts als Gefährten im Bett.

Der Teufel suchte weiterhin nach dem Jungen. Er schlug in seinem Buch nach und fand ihn in den Armen einer Königstochter. „Warte", dachte er, „die will ich ihm schon wegnehmen, wenn ich erst einmal den Ring habe."

Der Teufel verwandelte sich in einen Königssohn und hielt beim König um die Hand der Prinzessin an. Dem König gefiel der Freier. „So ein reicher Prinz ist ein guter Mann für meine Tochter." Er rief seine Tochter und sagte: „Schau einmal, das ist dein zukünftiger Gemahl." Die Prinzessin sah den vermeintlichen Königssohn an und sprach: „Nein, den will ich aber nicht!" Da wurde der Vater zornig: „Ich verlange von dir, dass du mit ihm die Ringe wechselst." Die Prinzessin riss den Ring vom Finger, warf ihn zu Boden und sprach: „Wenn ich ihn nicht haben darf, darf ihn niemand haben!" und der Ring zersprang in tausend Stücke.

Da verwandelte sich der Teufel in einen schwarzen Hahn und begann, die Stücke aufzupicken. Ein Stück jedoch hatte die Königstochter mit ihrem Fuß bedeckt. Da schoss unter dem Fuß der Königstochter ein Habicht hervor, der packte den Hahn und tötete ihn.

Dann verwandelte sich der Habicht wieder zum Jüngling und der erzählte dem erstaunten König alles, vom ‚Hanf bis zum Faden' und er bat um die Hand der Tochter. Der Vater und die Prinzessin willigten ein, denn die Hand gehörte ihm schon lange. Den Hahn aber warfen sie auf den Mist. Als sie am nächsten Tag nachschauten, war der Hahn verschwunden, denn den Teufel kann man nicht töten!

(Märchen aus Finnland)

Der Knecht des Riesen

Es war einmal ein Junge, der auf die Wanderschaft ging und an einen Ort kam, wo ein Riese hauste. Der Riese fragte den Jungen, ob er als Knecht bei ihm in Dienst treten wolle. Der Junge ging darauf ein. Am darauffolgenden Tag wollte der Riese das tun, was er immer tat, wenn ein Mensch in seine Nähe kam. Er wollte mit ihm seine Stärke messen. So sagte er zu dem Jungen: „Komm mit in den Wald hinaus!"

Der Junge zögerte. Erst am nächsten Tag folgte er dem Riesen. Als sie nun im Walde waren, sprach der Riese zu dem Jungen: „Wenn wir mit dem Kopf gegen einen Föhrenstamm rennen, so können wir sehen, wer von uns den stärksten Schädel hat." „Nur zu!", sprach der Junge und so rannte jeder von ihnen mit dem Kopf gegen eine Föhre. Der Junge stieß seinen Kopf bis zu den Ohren in den Stamm hinein. Er hatte am Tag zuvor in den Stamm ein Loch gebohrt und es mit Rinde wieder zugedeckt. Als aber der Riese gegen die Föhre stieß, splitterte nur die Borke vom Baum. „Ei der Tausend, stoß noch einmal gegen einen Föhrenstamm!"

Der Junge tat, wie ihm geheißen, und wiederum ging sein Kopf in einen solchen Stamm hinein, in den er gleichfalls heimlich ein Loch gebohrt hatte. „Schau, schau!", rief der Riese, „jetzt kann man mir wohl glauben, dass ich einen Knecht bekommen habe, der so stark ist wie ein Stier! Wir wollen nun weitergehen."

Sie waren nicht lange gegangen, da sprach der Riese: „Nun wollen wir einmal sehen, wer am lautesten rufen kann" und zugleich erhob er ein so lautes Geschrei, dass rings umher die Berge einstürzten.

Der Junge ging in ein Weidengebüsch und suchte sich dort biegsame Weidenruten aus. „Was willst du damit anfangen?", fragte der Riese. „Ja", sagte der Junge, während er die Ruten glättete, „ich will der Sicherheit halber zuerst aus den Ruten einen Reifen biegen und diesen über deine Ohren legen, ehe ich zu schreien anfange. Ich bin bange, dass dir sonst der Kopf zerspringen könnte." „Nicht doch, bester Junge!", bat der Riese, „schrei lieber nicht, denn mein Kopf ist etwas schwächlich. Komm nur weiter!"

Sie waren aber nicht lange gegangen, so sprach der Riese wieder: „Nun wollen wir sehen, wer von uns im Werfen am tüchtigsten ist. Sieh', hier habe ich einen Hammer von fünf Zentnern." „Ja", sprach der Junge, „wir wollen einmal einen Wurf versuchen."

So warf denn der Riese den fünf Zentner schweren Hammer so hoch in die Luft, dass er nicht größer aussah als eine Mücke. Hierauf sollte der Junge werfen. Als er aber den Hammerschaft ergriff, konnte er diesen eben nur umfassen und den Hammer aufstellen. Indem er ihn nun so festhielt, sah er zum Himmel empor. „Was hast du zu gucken?“, fragte der Riese, „warum wirfst du nicht?“ „Oh“, sagte der Junge, „ich sehe bloß zu, in welchen Wolkenhaufen ich ihn werfen soll. Soll ich ihn in einen werfen, der stillsteht, oder in einen, der vor dem Winde treibt?“ „Nicht doch, lieber Junge“, bat der Riese, „wirf nicht meinen Hammer, ich habe ihn von meinem Großvater geerbt. Komm lieber nach Hause.“ Dazu war der Junge sehr gern bereit und so kehrten sie nach Hause zurück.

Als es nun Abend wurde, führte der Riese den Jungen in ein abseits liegendes Haus und sagte, dass er da sein Nachtlager haben sollte. „Wann ist dein Schlaf am tiefsten?“, fragte der Riese im Fortgehen. „Um Mitternacht“, antwortete der Junge und legte sich nieder. Als aber der Riese fort war, stand er wieder auf, holte von draußen eine Anzahl großer Holzkloben herein und legte sie unter die Bettdecke. Er selbst ging wieder hinaus, bohrte ein Loch in die Wand und legte sich auf die Lauer. Um Mitternacht kam der Riese mit seinem Schmiedehammer und begann, auf die Bettdecke los zu hämmern, sodass die Kloben knackten und krachten. Er dachte, es wären die Knochen des Jungen. Dann ging er in sein Haus zurück. Als er fort war, kam der Junge wieder herein, warf die Klötze vor die Tür und kroch unter die Decke, wo er bis zum Morgen in Frieden schlief.

Als der Riese ihn am nächsten Morgen sah, wollte er seinen Augen nicht trauen. Dann fragte er: „Hast du heute Nacht geträumt?“ „Nein“, antwortete der Junge, „ich habe nicht geträumt. Einmal freilich war mir so, als ob mich eine Laus gebissen hätte.“

Am folgenden Abend brachte der Riese den Jungen wieder zu Bett. Als er fortgegangen war, stand der Junge wieder auf und legte die Holzkloben in das Bett wie am Abend zuvor. In der Nacht kam der Riese, zündete Feuer unter dem Bett an und ging seines Weges. Rasch kam der Junge wieder herein und löschte das Feuer, dennoch aber verbrannte die Hälfte des Bettes, die Hälfte des Rentierfelles, welches darauf lag, und die Hälfte der Pelzdecke. Der Junge kroch unter die halbe Decke und schlief den Rest der Nacht in Frieden.

Am Morgen kam der Riese, stutzte und rief dem Jungen zu: „Hast du auch heute nichts geträumt?“ „Nein“, antwortete der Junge, „ich habe nichts geträumt. Einmal freilich war es mir, als hörte ich einen Windstoß vorbeisausen.“

Nun bekam der Riese doch Furcht vor dem Jungen. Er dachte in seinem Sinn, es wäre wohl am besten, wenn er ihn sich vom Halse schaffte, ehe es noch schlimmer würde. „Komm nur“, sagte er zu ihm, „ich will dir deinen Lohn bezahlen; ich brauche dich nicht länger." „Bis jetzt hast du mich zu sehr wenig gebraucht", meinte der Junge, „aber wie du willst."

Sie gingen also miteinander fort und der Junge nahm einen großen Sack mit sich. Der Riese schüttete eine Schaufel mit Silbergeld hinein und fragte: „Kannst du noch mehr tragen?" „Warum nicht?", antwortete der Junge, „schütte noch eine Schaufel hinein. Geldbürde ist leicht zu tragen." Der Riese schüttete also noch eine Schaufel hinein und sprach: „Du musst aber alles auf einmal mit dir forttragen, ohne etwas unterwegs zurück zu lassen. Ich komme nach und sehe zu, ob du etwas abgelegt hast."

Der Junge nahm den Sack auf den Rücken und ging fort. Mühsam quälte er sich über einen Berg, und als er die Spitze erreicht hatte, schüttete er die Hälfte des Geldes auf den Weg und rannte davon. Dieses Geld sah der Riese, der ihm nachgegangen war. Er lief zurück, holte seine Frau und sie liefen zusammen hinter dem Jungen her. Als sie ihm nahe waren, warf der Junge ein Blatt hinter sich, das er von einem Baume im Garten des Riesen genommen hatte. Dieses Blatt wurde zu einem großen und dichten Walde, durch den der Riese nicht hindurch kommen konnte. Er musste also seine Axt holen und einen Weg durchhauen. Dann verfolgten sie den Jungen weiter.

Fast hatten sie ihn erreicht, als der Junge einen Feuerstein hinter sich warf, der sich in einen großen Berg verwandelte, sodass der Riese seinen großen Bohrer holen musste, womit er ein Loch durch den Berg bohrte. Wiederum verfolgt, warf der Junge ein Stück Schwefel hinter sich, das zu einem See wurde. Der Riese, der nicht um den See herumgehen wollte, holte rasch seine Tochter herbei, worauf er mit der Tochter und seiner Frau den See auszutrinken anfing. Der Junge saß am Ufer auf der anderen Seite und sah zu. Die drei tranken und tranken in einem fort und bald war fast nichts mehr übrig. „Halt mir mein Hinterteil zu", sagte die Riesin zu ihrer Tochter, „dann will ich es versuchen, den Rest auszutrinken." In dem Augenblick aber kam ein junger Rabe hinter einem Felsen hervor und fing an zu hopsen und zu tanzen und sich auf so schrullige Weise zu benehmen, dass die Tochter des Riesen schließlich in ein solch heftiges Lachen ausbrach, dass sie das Hinterteil der Mutter nicht länger zuhalten konnte. Da lief dann alles Wasser wieder aus der Alten heraus und alle drei ertranken in dem See.

Der Junge aber fand glücklich den Weg nach Hause, sammelte das Geld auf dem Weg ein und von nun wurde nie wieder ein Mensch von einem Riesen bedroht.

(Märchen aus Lappland)

Der kleine Frick mit der Geige

Es lebte einmal ein Häusler, der einen einzigen Sohn hatte. Der Junge war schwach und anfällig, sodass er nicht zur Arbeit konnte. Er hieß Frick, und weil er außerdem klein war, nannten sie ihn ‚den kleinen Frick.

Zu Hause war immer Schmalhans Küchenmeister und darum ging der Vater ins Dorf, um ihm einen Platz als Hirte oder Bote zu verschaffen. Aber niemand wollte ihn haben, bis er zum Amtmann kam. Der hatte kürzlich seinen Laufburschen weggejagt, niemand wollte zu ihm, weil man ihn für einen Gauner hielt. Besser wenig als nichts, dachte der Häusler, immerhin war der Junge versorgt, denn beim Amtmann sollte er für die Kost arbeiten; von Lohn und Kleidung war gar nicht erst die Rede.

Als der Junge drei Jahre dort gewesen war, wollte er fortreisen. Da gab der Amtmann ihm den ganzen Lohn auf einmal: Einen Schilling fürs Jahr sollte er haben, weniger könnte es nicht sein, sagte der Amtmann und gab ihm drei Schillinge.

Der kleine Frick meinte, das sei viel Geld, er hatte ja nie so viel besessen. Aber er fragte, ob er nicht noch etwas mehr bekäme. „Du hast schon mehr bekommen, als verabredet war“, sagte der Amtmann. „Krieg ich nicht auch was für neue Kleidung?“, fragte der kleine Frick, „alles, was ich anhatte, als ich herkam, habe ich mir vom Leib gearbeitet, und was Neues habe ich nicht gekriegt.“ Und jetzt schlenkerten die Fetzen nur so um ihn herum, so zerlumpt sei er, sagte er. „Du hast bekommen, was vereinbart war und drei Schillinge dazu; jetzt gehst du mich nichts mehr an“, sagte der Amtmann. Aber er solle noch in die Küche gehen und sich etwas Verpflegung für die Reise holen.

Damit begab der kleine Frick sich auf den Weg zur Stadt, um Kleider zu kaufen. Er war fröhlich und guten Mutes, denn er hatte noch nie einen Schilling gesehen und musste immer wieder nachfühlen, ob er sie auch noch alle drei hatte.

Er ging und ging, immer weiter, und endlich kam er in ein enges Tal mit hohen Bergen an allen Seiten. Er konnte keinen Weg sehen, auf dem er weiterkommen konnte. Er hätte gern gewusst, was auf der anderen Seite von diesen Bergen war, und wie er da hinüberkäme. Doch rauf musste er, keine Frage, und damit ging er los. Er schaffte nicht viel auf einmal und musste sich mitunter ausruhen, und dann zählte er immer seine Schillinge.

Als er die höchste Bergspitze erreichte, war da nur eine große Hochebene mit grünem Moos. Dort setzte er sich hin und sah wieder nach, ob er seine Schillinge noch hatte. Plötzlich kam da ein Bettler, der war so groß und lang, dass der Junge aufschrie, als er so recht nachschaute, wie lang der war. „Sei nur nicht bange“, sagte er Bettler, „ich tue dir nichts. Ich bitte nur in Gottes Namen um einen Schilling.“ „Bewahre“, sagte der Junge, „ich hab‘ nur drei Schillinge, und mit denen will ich zur Stadt, um mir Kleider zu kaufen.“ „Ich bin schlimmer dran als du“, sagte der Bettler, „ich habe keinen Schilling und bin noch zerlumpter als du.“ „Na, dann musst du ihn wohl kriegen“, sagte der Junge.

Als er wieder eine Weile gegangen war, wurde er müde und setzte sich, um sich auszuruhen. Als er hochschaute, erblickte er noch einen Bettler, aber der war noch größer und hässlicher als der Erste, und als der Junge so recht sah, wie groß und wie hässlich der war, schrie er laut. „Brauchst dich vor mir nicht zu fürchten, ich tu dir nichts“, sagte der Bettler, „ich wollte dich nur in Gottes Namen um einen Schilling bitten.“ „Bewahre! Ich habe doch nur zwei Schillinge und mit denen will ich zur Stadt und mir Kleider kaufen; hätte ich dich früher getroffen, dann vielleicht.“ „Mir geht‘s schlechter als dir“, sagte der Bettler, „ich habe keinen Schilling und weniger Kleider, und bin doch so viel größer als du.“ „Ja, ja, dann musst du ihn wohl kriegen“, sagte der Junge.

Wieder ging er eine lange Strecke, ehe er sich wieder hinsetzte, um sich auszuruhen. Als er so dasaß, kam wieder ein Bettler, der war so garstig, groß und lang, dass der Junge höher und immer höher, ja bis in den Himmel schauen musste, um recht zu sehen, wie lang und hässlich der war. Da schrie er laut auf. „Du sollst dich vor mir nicht fürchten, mein Junge“, sagte der Bettler, „ich tue dir nichts Böses; bin nur ein Bettler, der dich in Gottes Namen um einen Schilling bitten wollte.“ „In des Himmels Namen“, sagte der kleine Frick, „ich habe nur noch einen Schilling und für den will ich mir in der Stadt Kleider kaufen. Hätte ich dich eher getroffen, dann…“ „Ja, aber ich habe keinen Schilling und weniger Kleider und bin doch so viel größer als du!“, sagte der Bettler. Dann müsse er eben den Schilling haben, meinte der kleine Frick, da helfe wohl nichts! „Sieh, weil du ein so gutes Herz hast, dass du deinen ganzen Besitz weggegeben hast“, sagte der Bettler, „will ich dir für jeden Schilling einen Wunsch erfüllen.“ Es war nämlich alle drei Male derselbe Bettler, den der Junge getroffen hatte und der sich immer verwandelte, sodass er ihn nicht wiedererkennen konnte. „Ich habe mir schon immer eine Geige gewünscht, weil es mir solchen Spaß macht, die Menschen so fröhlich und lustig zu sehen, dass sie tanzen“, sagte der Junge, „wenn ich mir also wirklich wünschen darf, was ich will, wünschte ich mir eine Geige, die so ist, dass alles, was lebt, danach tanzen muss.“

Das solle er haben, aber es sei ein armseliger Wunsch, sagte der Bettler; er solle sich für die anderen beiden Schillinge was Besseres wünschen. „Ich würde gar zu gern jagen und schießen", sagte der kleine Frick. Wenn er sich also das wünschen könne, was er wolle, dann wünsche er sich eine Flinte, die so sei, dass sie alles treffe, worauf er ziele, egal wie weit entfernt das wäre.

Das solle er haben, aber es sei ein ebenso armseliger Wunsch. Nun müsse er sich für den dritten Schilling was Gescheiteres wünschen. „Ich bin immer so gern mit Leuten zusammen, die freundlich und lieb sind", sagte der kleine Frick. „Darf ich mir wünschen, was ich will, hätte ich's gern so, dass mir niemand meine erste Bitte verwehren kann." „Das war kein dummer Wunsch", sagte der Bettler, und damit glitt er zwischen die Berge und verschwand.

Der kleine Frick ging als erstes zum Landhändler und bat um Kleider; und auf einem Bauernhof bat er um ein Pferd, und auf einem anderen bat er um einen Schlitten. An einem Platz bat er um Mokkasiner, und nirgends konnten sie ihm eine Bitte abschlagen, wie geizig sie sonst wohl sein mochten. Zum Schluss fuhr er wie ein stattlicher Herr mit Pferd und Schlitten durch die Gemeinden.

Als er so eine Weile gereist war, kam er zu dem Amtmann, bei dem er gedient hatte. „Guten Tag, Hausherr!", sagte der kleine Frick mit der Geige und hielt an. „Guten Tag", antwortete der Amtmann. „Bin ich dein Hausherr gewesen?", fragte er. „Ja, erinnerst du dich nicht, dass ich drei Jahre für drei Schillinge bei dir gedient habe?", sagte der kleine Frick. „Meine Güte, du hast dich wirklich schnell gemacht!", sagte der Amtmann, „wie ist es denn zugegangen, dass du so ein großer Herr geworden bist?" „Oh, das war nun mal so!", sagte Frick. „Und dazu bist du so leichtfertig geworden, dass du mit einer Geige herumreist?", sagte der Amtmann.

„Ja, mir macht es nun mal so viel Spaß, wenn die Leute tanzen", sagte der Junge, „aber mein bestes Stück ist immer noch diese Flinte", sagte er, „denn worauf ich damit ziele, treffe ich genau, gleich wie groß der Abstand ist. Siehst du die Elster, die dort drüben auf der Tanne sitzt?", fragte der kleine Frick. „Was wettest du, dass ich die von hier, wo wir stehen, treffe?", sagte er.

Die Wette wollte der Amtmann gern mit ihm machen: Er würde gern Pferd und Hof und hundert Taler dazu setzen, dass Frick das nicht könne! Und er wettete um alles Geld, das er bei sich hatte, und selbst wollte er den Vogel holen, wenn er fiele; denn er war sicher, eine Flinte, mit der man so weit schießen könne, gäbe es nicht. Doch im gleichen Augenblick, als der Schuss krachte, fiel die Elster in ein Dornengebüsch. Der Amtmann lief hin, um sie zu holen und sie dem kleinen Frick zu geben.

Aber da begann der die Geige zu streichen und der Amtmann fing an zu tanzen, sodass die Dornen ihn stachen und aufkratzten. Der Junge spielte, und der Amtmann tanzte, weinte und flehte, aber er musste weiter tanzen, bis seine Kleider in großen Fetzen von ihm abfielen und er kaum noch einen Faden auf dem Leib hatte.

„Ich denke, jetzt bist du so zerlumpt, wie ich es war, nachdem ich drei Jahre bei dir im Dienst gewesen war", sagte der Junge; „da kann ich dich jetzt wohl laufen lassen." Aber erst musste der Amtmann ihm noch das Geld geben, was er drauf gewettet hatte, dass der kleine Frick die Elster nicht treffen würde.

Als der Junge in die Stadt kam, mietete er sich in einem Gasthof ein. Er spielte, und die Leute tanzten, und er lebte lustig und in Freuden. Nichts konnte ihn bekümmern, denn niemand konnte ihm etwas abschlagen. Aber mitten im besten Spiel kamen Wachen und wollten ihn vor den Rat bringen, weil der Amtmann ihn verklagt und gesagt hatte, er habe ihn überfallen, ausgeplündert und fast umgebracht.

Dafür sollte er jetzt erhängt werden, da half alles nichts. Doch Frick wusste immer noch Rat, und das war seine Geige. Die nahm er hoch und spielte darauf. Da mussten die Wachen tanzen, bis sie auf dem Boden lagen und nach Luft schnappten. Danach schickte man Soldaten und setzte Posten auf die Straße. Denen ging's nicht besser als den Wachen: Der kleine Frick legte die Geige ans Kinn und solange er spielte, mussten sie alle tanzen, bis sie am Boden lagen.

Zum Schluss überlisteten sie ihn und griffen ihn nachts, als er schlief. Und als sie ihn erwischt hatten, wurde er verurteilt, er sollte sofort gehängt werden. Auf der Stelle wurde er zum Galgen gebracht. Eine große Menschenmenge strömte zusammen, um diesen Mirakelmann zu sehen. Der Amtmann war auch dabei und der war herzlich froh, jetzt Entschädigung für sein Geld und seine Haut zu bekommen und selber zu sehen, wie sie ihn hängten.

Aber es ging nicht schnell, denn der kleine Frick konnte nicht gut laufen, und jetzt lief er noch ein bisschen schlechter. Seine Geige und seine Flinte schleppte er mit, keiner vermochte sie ihm wegzunehmen. Als er zum Galgen kam und die Leiter raufsteigen sollte, musste er sich auf jeder Sprosse ausruhen. Oben setzte er sich hin und fragte, ob sie ihm denn einen letzten Wunsch abschlagen könnten, er wolle so gern noch einmal auf seiner Geige spielen dürfen, ehe sie ihn hängten.

Nein, ihm das zu verwehren, wäre doch gar zu schändlich, sagten sie, diese Bitte mussten sie ihm gewähren. Der Amtmann rief und bat, ihn um des Himmels willen nicht auf einer einzigen Saite spielen zu lassen, sonst sei es um sie alle geschehen. Erlaubten sie dem Jungen dennoch zu spielen, mussten sie ihn selbst an die Birke festbinden, die dort stand.

Der kleine Frick aber war rasch mit der Geige dabei und spielte, dass bald alle tanzen mussten, ob sie zwei oder vier Beine hatten, der Pastor und der Probst, der Schreiber und der Vogt, der Amtmann und der Henker, Hunde und Schweine. Die tanzten und lachten und schrien, bis sie fast wie tot umfielen; einige wurden sogar ohnmächtig. Es erging ihnen allen übel, aber am schlimmsten war's für den Amtmann, denn der war an der Birke festgebunden und tanzte um sie herum, sodass er sich große Stücke vom Rücken abscheuerte.

Niemand achtete mehr auf den kleinen Frick. Der ging mit seiner Geige und seiner Flinte seiner Wege und lebte fröhlich alle seine Tage, denn niemand konnte ihm die erste Bitte abschlagen.

(Märchen aus Norwegen)

Die Küken und der Wildkater

In einem kleinen Häuschen am Waldesrand lebte einmal eine Henne mit ihren fünf Küken. Jeden Tag sammelten die Küken im Wald Holz für den Ofen oder arbeiteten auf einem kleinen Feld. Die Mama Henne versorgte das Haus und kochte das Essen, das sie zur Mittagszeit ihren Küken brachte.

Eines Tages, als sie mit einem Sack voller Essen auf dem Weg in den Wald war, sprang plötzlich ein Wildkater auf den Weg. Mama Henne erschrak, flatterte aufgeregt hin und her, wusste aber nicht, wo sie sich verstecken sollte. In ihrer Not griff sie zu einer List. Sie verstellte sich, blieb ruhig und sprach mit freundlicher Stimme: „Herr Kater, wollen Sie mich nicht in meinem Haus besuchen? Sie können dort ein wenig ausruhen, und ich koche Ihnen ein gutes Essen." Der Wildkater war damit einverstanden und bald saß er am Tisch der Mama Henne und aß eine Schale Reis. „Ich will mehr!", sagte der Kater, „koch mir Reissuppe!" Mamma Henne lief schnell zum Brunnen und holte Wasser, und bald setzte sie dem Kater eine Reissuppe vor. „Köstlich", sagte Kater, als er die Reissuppe aufaß. „Ich will mehr!", rief der Kater, „brate mir Nudeln, eine ganze Pfanne voll." Die Henne lief zum Herd und briet dem Wildkater Nudeln.

Aber der war immer noch nicht zufrieden. „Ich will mehr!", rief er. Bald hatte Mama Henne alle Vorräte aufgebraucht und der Kater war immer noch nicht zufrieden. Da sah der Kater den Sack, den Mama Henne ihren Küken bringen wollte. „Was ist in dem Sack?", fragte der Kater, und Mama Henne antwortete ehrlich: „Das Essen für meine Kinder, ich wollte es ihnen gerade bringen." „Gut, dann können wir ihnen das Essen ja gemeinsam bringen!" erwiderte der Kater und sprang sogleich vom Tisch auf. Mama Henne wusste keine Ausrede. Es blieb ihr nichts anderes übrig, als gemeinsam mit dem Kater in den Wald zu gehen. ‚Ich werde versuchen, ihn in die Irre zu führen', dachte die Henne.

Sie gingen und gingen, bis sie an eine Weggabelung kamen. Da sprach der Kater: „Mama Henne, mir tun die Pfoten weh, lass uns ein wenig ausruhen." Als sie saßen, hatte der Kater wieder eine Bitte: „Such mir doch bitte die Flöhe aus dem Pelz." Vorsichtig pickte die Henne das Ungeziefer aus dem Fell des Katers. „Jetzt such ich bei dir", sagte der Kater und schwupp, schnappte er die Henne am Hals und trug sie davon.

Die Küken warteten in der Zwischenzeit auf ihre Mama mit dem Essen. Warum kam sie nicht, ist irgendwas passiert? Die Küken warteten und warteten, schließlich nahmen sie das Holz, das sie gesammelt hatten und liefen eilig nach Hause. In der Hütte fanden sie die Mama nicht, kein Reis war in der Schüssel, alle Vorräte waren weg. Schließlich liefen sie in die eine Hausecke und fragten den Besen: „Lieber Besen, hast du unsere Mama gesehen?“ Der Besen antwortete: „Nein, ich habe sie nicht gesehen, aber ich könnte euch helfen, sie zu suchen.“ Da liefen die Küken zum Seil, das an der Wand hing: „Liebes Seil, hast du unsere Mama gesehen?“ „Nein“, sagte das Seil, „ich habe sie nicht gesehen, aber ich könnte mit euch gehen und sie suchen.“ Draußen an der Wand stand der Dreschflegel: „Lieber Dreschflegel“, fragten die Küken, „hast du unsere Mama gesehen?“ „Nein, aber ich werde mit euch gehen und bei der Suche helfen.“ Dann sahen die Küken einen Kuhfladen und fragten auch ihn. Auch er wusste nicht, wo die Mama war. „Ich werde mit euch gehen“, sagte er zu den Küken.

So liefen sie gemeinsam los, die Küken, dahinter der Besen, dann das Seil, der Dreschflegel und am Schluss der Kuhfladen. Sie kamen an die Weggabelung und sahen auf dem Weg weiße Reiskörner. Da verstanden sie: Mama Henne hatte eine Spur gelegt! Sie folgten der Spur und gerieten immer tiefer in den Wald. Auf einer Lichtung erblickten sie eine kleine Wildkatze, die an einer Knoblauchzwiebel zog. Die Küken fragten sie: „Kleine Wildkatze, wieso sammelst du Knoblauchzwiebeln?“ „Wir brauchen Knobloch für die Hühnersuppe.“ Die Küken erschraken und eilten schnell weiter. Sie kamen an ein Flussufer. Da sahen sie die Wildkatzenmutter, die einen Eimer Wasser trug. Die Küken fragten: „Mutter Wildkatze, was willst du mit dem Wasser?“ Die Wildkatzenmutter antwortete: „Mit dem Wasser will ich das Fleisch einer Henne schön gar kochen.“

Als die Küken das hörten, liefen sie so schnell sie konnten, bis sie schließlich zu einer Höhle kamen. Dort sahen sie den Wildkater, der vor der Höhle saß und ein Messer schliff. Den Küken wurde angst und bange. Warum schleift der Wildkater sein Messer? Sie versteckten sich am Höhleneingang. Von dort konnten sie in die Höhle schauen. Da lag ihre Mama weinend neben einem Ofen. Als die Küken das sahen, fingen sie laut an zu schreien: „Hilfe, Hilfe!“ Der Wildkater erhob sich und sah, wie die Küken, der Kuhfladen, der Dreschflegel, das Seil und der Besen angestürmt kamen. Der Kater war völlig verwirrt. Er wollte fliehen, aber da rief das Seil: „Fesselt ihn, fesselt ihn!“ Der Besen kehrte auf dem Boden kleine Kieselsteine herbei und fegte sie dem Wildkater in die Augen, sodass der nicht mehr sehen konnte. Als der Kater wegrennen wollte, da legte sich der Kuhfladen eilig vor ihn hin. Der Wildkater trat bei seiner

Flucht hinein, glitt aus und fiel auf die Nase. Da kam der Dreschflegel herbei und schlug dem Wildkater auf den Kopf, und die Küken pickten und kratzten ihn, bis der Wildkater sich nicht mehr bewegte. Die Küken liefen nun schnell in die Höhle, befreiten die Mama, und weinend vor Freude umarmten sie sich.

Gemeinsam wanderten sie nun nach Hause. Mama Henne war sehr stolz auf ihre Kinder und lobte sie, wie klug, wie mutig und wie stark sie doch waren. Zu Hause angekommen, hängte sich das Seil wieder an die Wand, der Kuhfladen legte sich auf den Boden, der Besen stellte sich in die Ecke, und der Dreschflegel lehnte sich an die Hauswand.

Und so lebten sie wieder alle gemeinsam in ihrem kleinen Häuschen am Waldesrand. Die Wildkater aber erzählten einander die Geschichte ihres unglücklichen Bruders und machten von nun an einen großen Bogen um alles Federvieh.

(Märchen aus China)

Wie die Mongolen zu ihren Märchen kamen

Es wird erzählt: Vor vielen, vielen Jahren litten die Mongolen unter einer Pockenepidemie. Die Menschen siechten dahin und starben. Aus den Jurten stieg kein Rauch, denn es war niemand mehr am Leben, der hätte heizen können. Wer sich noch gesund fühlte, floh in die Steppe.

Der fünfzehnjährige Tarwaa war der einzige Überlebende einer großen Familie, die am westlichen Hügel gewohnt hatte. Traurig und verzweifelt stand er neben der verwaisten Jurte. ‚Warum haben Eltern und Geschwister mich allein zurückgelassen? Was soll ich noch auf dieser Erde?', dachte er immerfort und weinte. Eines Tages fiel er vor Kummer ohnmächtig zu Boden.

Da verließ die Seele den Körper und mache sich auf den Weg ins Totenreich.

Der König der Unterwelt, Erlik Chan, schaute ihr verwundert entgegen. Er hatte sie nicht rufen lassen. „Warum bist du hier?", fragte er. „Deine Zeit ist noch nicht gekommen." Die Seele seufzte. „Der junge Mensch, zu dem ich gehöre, jammert und klagt den ganzen Tag, weil die Seuche all seine Lieben dahingerafft hat. Ich kann es nicht ertragen, wie der Arme den Tod herbeisehnt. Um sein Leid zu beenden, habe ich mich davongemacht."

Diese Worte rührten den Totenkönig und freundlich sagte er: „Kehre zurück in den Körper des Jungen, seine Lebenszeit ist noch lang. Doch weil du ihn aus Mitleid verlassen hast, will ich dir ein Geschenk mitgeben. Wähle dir von meinen Schätzen, was dir gefällt!"

Erlik Chan schritt durch sein großes Reich, und die traurige Seele folge ihm. Sie sah all die Dinge, die das Leben der Menschen schön und schwer machen. Da waren Reichtum und Wohlergehen, Glück, Freude, Vergnügen, Kummer und Tränen, Laster, Betrug, auch Musik und Tanz – und Märchen. Lange schaute die Seele des Knaben umher. Schließlich bat sie um die Märchen. Der König der Unterwelt war einverstanden und sandte seinen Gast zur Erde zurück.

Als die Seele bei dem ohnmächtigen Tarwaa angelangt war, hatten ihm bereits die Krähen die Augen ausgehackt. War sie zu spät gekommen? Ratlos schwebte sie über dem Jungen. Dann senkte sie sich in seinen Körper und beseelte ihn wieder.

Sochor Tarwaa oder der blinde Tarwaa, wie er genannt wurde, wanderte durch seine Heimat. Wohin er kam, erzählte er Märchen und Legenden. Alle, die ihm zuhörten, erfreute und ermahnte er durch seine Geschichten. Weil so oft von Hoffnungen und Ängsten der Menschen die Rede war, gingen die Erzählungen von Mund zu Mund, wurden reicher und bunter und wurden zum Schatz des Volkes. So sind die Mongolen zu ihren Märchen gekommen.

(Märchen aus der Mongolei)

Vom Wasser des Lebens: Warum erzählen wir Märchen?

Helge Gerndt

Als der Dichter und Kinderbuchautor Erich Kästner 1950 im kriegszerstörten München, in der gerade begründeten Internationalen Jugendbibliothek, die Leitung einer Theatergruppe übernahm, wollten die Jugendlichen sich ihr Stück unbedingt selber schreiben. Warum? Sie wünschten „keine Verstiegenheit und Phantasterei", sondern begehrten „Wirklichkeit", „unseren Alltag" darzustellen. Der Jüngste von ihnen aber polterte dagegen: „Alltag, den haben wir sowieso, das Gegenteil, ein Märchen!" Tumult! „Geh in die Kinderschule mit deinen Märchen", riefen andere. Da riet ihr Mentor ihnen, vielleicht doch eine Nacht lang über „Wirklichkeit und Märchen" nachzudenken; schließlich einigten sie sich auf das Thema „Wir suchen das Märchen in der Stadt". Und die Bibliotheksdirektorin Jella Lepman, die diese Szene in ihren Erinnerungen festgehalten hat, erzählt weiter: „Welche Entdeckung machten die jungen Dichter auf ihrer Suche nach dem Märchen in der großen Stadt? Unter der Maske des Alltags gab es Hexen und Feen, Hans im Glück, Dornröschen, Aschenbrödel, man musste nur die Phantasie haben, sie zu erkennen. Die Märchensucher wurden selbst in den magischen Kreis miteinbezogen. Die Welt war nicht entzaubert, überall gab es Wunder und Grausamkeiten, Verfolgung und Rettung! Die Märchen selbst waren nichts anderes als in Gold, Silber oder Lumpen gehüllte wahre Erlebnisse."

Und heute – ist unsere Zeit nicht auch auf eine verquere Weise abenteuerlich? Wollen wir in Fantasiegeschichten eintauchen, wenn weltweit Felder verdorren und Wälder brennen, im nördlichen Eismeer die Gletscherberge schmelzen und Südseeinseln oder Meeresküsten in den Fluten versinken? Soll uns „Tausendundeine Nacht" ergötzen, während im realen Orient Kriege wüten, und mögen wir Märchen aus Afrika erzählen, während sich dort hungernde Somalier oder terrorisierte Nigerianer todesverachtend ins Mittelmeer stürzen – an dessen Nordufer wir unser individuelles Lebensglück abschirmen, Diebstahl und Mordtaten der Kolonialgeschichte verleugnen und die Rohstoffe der Erde kurzsichtig für Videospiele und Autowahn opfern?

In einer nach Bewältigung geradezu schreienden Gegenwart erscheint das Märchenerzählen wie eine Wirklichkeitsflucht. Märchen entführen uns in ein zeitloses Es-war-einmal, in ferne, nicht genauer lokalisierbare Weltgegenden, auf den Glasberg und zu den Gestirnen; sie erzählen von Zauberwesen und sprechenden Tieren und von fantastischen Begebnissen: einem Jungen, der fremdartige Ungeheuer besiegt, um den Glücksvogel zu finden; von einem Drachen, der regelmäßig Menschenopfer einfordert, und von einem Raben, der Lebenswasser für die Rettung der Opfer herbeischafft – in einer Anderswelt, weit hinter den Bergen und jenseits des Ozeans. Zeitlich, räumlich und gedanklich scheint das unendlich fern und unerreichbar, doch jeder weiß: Gerade das Unvertraute und das Unglaubliche besitzen ihre Faszination, ihren eminenten Reiz. Ist es also die menschliche Neugier, die das Märchen auch in einer vom Chaos bedrohten Welt attraktiv und lebendig hält?

Durchaus nicht allein! Für aufmerksame Beobachter gibt es keinen Zweifel daran, dass seit einigen Jahrzehnten die Begeisterung für das mündliche Erzählen in vielen Weltgegenden wieder aufflammt. Nicht nur in Nord- und Westeuropa blühen internationale Erzählfestivals, und nicht allein in Mitteleuropa vermehren sich die Auftritte professioneller Erzählerinnen und Erzähler, in deren Geschichtenrepertoires stets auch das frei erzählte Volksmärchen einen festen Platz besitzt. Als in Deutschland mit den großen Fluchtbewegungen 2015 für Schülerinnen und Schüler vor allem aus den Krisengebieten des Nahen Ostens und Afrikas sogenannte Willkommensklassen eingerichtet wurden, haben sich *Erzähl*projekte für die Vermittlung deutscher Sprache und Kultur, für Spracherwerb und Integration, als besonders fruchtbar erwiesen. Manche der Kinder und Jugendlichen, so hat es Kristin Wardetzky in Berlin erlebt, konnten und wollten schon nach wenigen Monaten selbst eine Geschichte in ihrer neuen Sprache erzählen. Die 17-jährige Iranerin Nafiseh Nasari, zum Beispiel, begann: „Jussuf zieht in die Welt, um sein Glück zu finden. Er kommt in die Wüste und begegnet dem Löwen…“, oder der neunjährige Hassan aus Syrien startete mit: „Ein Mann und eine Frau heiraten. Die Frau hat eine Katze, die sie sehr liebt, aber der Mann kann sie nicht leiden…“. Es folgten, wie bereits diese Anfangssätze andeuten, abenteuerliche und konflikthafte Geschichten im traditionellen Märchenton, den sich die Kinder rasch angeeignet hatten und den sie zum Teil auch aus ihrer Heimat kannten.

*

Märchen schöpfen aus Kraftquellen, die allen Menschen eigen sind und die auch unsere je eigenen Träume speisen. Da ist zum einen das bildgewaltige Reservoir der Fantasie, ein alle Menschen verbindendes

Grundwassersystem archetypischer Vorstellungen, könnte man sagen, und zum anderen der lebendige Quellgrund des menschlichen Spieltriebs, der die Dynamik im gesellschaftlichen Kulturprozess erzeugt und regelt. Aus dem Zusammenwirken von Bildfantasie und Spiellust erwachsen unsere Sehnsüchte, unsere oft märchenhaften Wunschträume, die zwischen Wirklichkeit und Unmöglichkeit schweben. Immer wenn wir ein Märchen ins Bewusstsein heben, werden wir verborgener Lebenskräfte inne. Jene Bilder, die ein Märchen in unserem Geiste evoziert, bringen uns mit unserer individuellen Befindlichkeit in Kontakt. Wir spüren dann, wie sich innere Vorstellungen mit den Sinneswahrnehmungen der Außenwelt verbinden, spüren, wie wir anhand der Märchen persönliche Erfahrungen verarbeiten. Bei der tieferen Durchdringung aktueller Ereignisse wirken Märchen wie Katalysatoren.

In eigentümlich abstrakter Form repräsentieren die Märchen unsere menschliche Lebens- und Empfindungswelt. Sie enthalten jedoch nicht nur archetypische Grundmuster, sondern vermitteln zugleich grundlegende gesellschaftliche Werte und das intuitive Wissen um deren Verflochtenheit, einschließlich der Ambivalenz von Gut und Böse. Wenn wir heute Märchen lesen oder hören, dann vergewissern wir uns – jenseits der Zuhörgespanntheit und sich aufdrängender Assoziationen – unbewusst auch des Wertefundaments unseres gesellschaftlichen Daseins. Jeder von uns vermag sich mit einem Teil seiner Träume und Wertvorstellungen in einer Märchenfigur wiederzufinden.

So wie das Wasser ein unentbehrliches Element unseres physischen Lebens darstellt, das in verschiedenen Aggregatzuständen (dampfend, fließend, vereist) auftreten kann, erscheint auch das Märchen in der geistigen Welt der Menschen. Wir begegnen dem Märchen in wechselnder Gestalt: Als *eingedampftes* Bewusstseinsphänomen nistet es geborgen in unseren Köpfen; dort, wo man Märchen erzählt, *fließt* es gewissermaßen über die Lippen des Erzählers, aus dem Mund einer Erzählerin in die Ohren ihrer Zuhörerschaft; und als Text erscheint das Märchen *materialisiert* auf Archivblättern oder in Büchern. Märchen sind das Wasser des Lebens für unsere psychische Gesundheit. Das Märchenerzählen und -hören und das Märchenlesen und -vorlesen nähren unbewusste Wünsche und wecken tief vertraute Gefühle, indem sie unsere Gegenwart mit Vergangenheit und Erinnerung und oft in einer gleichgestimmten Hörgemeinschaft verbinden.

*

Zugleich spiegeln Märchen aber auch das äußere Leben, wie wir es alltäglich erfahren. Je nachdem, wie wir ein Märchen betrachten, erscheint es von unterschiedlicher Eigenart. Wer die Märchenhandlung als eine wechselvolle Reise durch unbekannte Länder wahrnimmt, erkennt darin eine *Abenteuergeschichte*, voll spannender Episoden, mit meist jungen Heldinnen und Helden, die in die weite Welt hinausgestoßen werden oder selbstbewusst ausziehen, um etwas Kostbares zu suchen oder schwierige Aufgaben zu meistern; die Rätsel lösen und Gefahren bestehen müssen, die sich freundliche Helfer gewinnen, und die im Wettbewerb mit anderen Figuren (etwa ihren unfairen Brüdern) am Ende glücklich den Sieg davontragen. Vom Ende her betrachtet ist das Märchen also auch eine *Glücksgeschichte*. Oder manchmal sogar, wenn man seine Schlusskonstellation betont, auch eine glücklich endende *Liebesgeschichte*, die nach mancherlei Widrigkeiten in der Hochzeit des Helden mit seiner Prinzessin ihren Höhepunkt erreicht.

Unter einem psychologischen Aspekt freilich, der die männlichen oder weiblichen Helden als Identifikationsfiguren versteht, handelt es sich beim Märchen um eine unbewusst wirkende *Selbstfindungsgeschichte*, welche mit dem Ablöseprozess aus dem Elternhaus beginnt und die Erfüllung unterschiedlicher Lebensproben verlangt, die von Täuschungen, Irrwegen, Errettungen erzählt, insgesamt einen Reifeprozess des Helden zeigt, welcher wiederum die Voraussetzung dafür schafft, dass das Märchen auch in eine *Partnerfindungsgeschichte* münden kann. Unter einem gesellschaftlichen Aspekt aber zeigt das Märchen einen Weg aus armen Verhältnissen zu Reichtum, demonstriert die Wandlung vom Müllerburschen zum König und erscheint so als *soziale Aufstiegsgeschichte*. Im Hinblick auf seine unglaublichen Ereignisse, schließlich, auf magische Vorgänge und wunderliche Verwandlungen, mutiert die Märchencharakteristik in eine *Zaubergeschichte* oder eine *Wundergeschichte*.

Das Märchen ähnelt also einem Vexierbild, das sich ändert wie der Wasserspiegel eines Sees bei sanftem Wind. Immer neu können Erzähler und Erzählerinnen andere Akzente setzen, und die einzelnen Zuhörerinnen und Zuhörer, Leserinnen und Leser vermögen immer wieder andere Bilder herauszulesen. Dieses Changieren des Märchens zwischen Abenteuer-, Liebes- und Aufstiegsgeschichte, zwischen Selbstfindungs- und Partnerfindungsgeschichte wird durch seine besondere Struktur möglich; denn das Märchen ist nach Sprache und Aufbau formelhaft gefügt, es spielt mit vorgeprägten Elementen und benutzt vielfältig variierende Wiederholungen; es bietet nur Umrisse statt Ausmalung, erscheint eher abstrakt als konkret. Erst die Zuhörer füllen die Sprachmuster mit ihren je eigenen Bildern und Assoziationen, so dass das Märchen in jedem Kopf einen etwas anderen Eindruck erzeugt und eine andere Färbung gewinnt. Die abstrakte, holzschnittartige Staffage und die flächigen, in schwarz-weiß gezeichneten Märchenfiguren ermöglichen, wie der Volksliteraturforscher Max Lüthi erkannt und ausgeführt hat, einen verblüffenden Effekt: Da die Märchengestalten, als reale Lebewesen gesehen, seelisch isoliert erscheinen, können sie andererseits auch mit allen anderen Nachbarfiguren problemlos in Verbindung treten, und da das Märchengeschehen auf seinen Kerngehalt sublimiert ist, besitzt es damit zugleich eine große Offenheit, so dass man ihm vielfältigste, und durchaus auch widersprüchliche, Sinnbezüge zuschreiben kann.

Die verwundete, gefährdete Welt, in der wir heute leben, braucht solche Geschichten, die von Mut und Grausamkeit, von Schrecken und Glück erzählen, und doch auch eine gewisse Distanz zu unserem Alltag besitzen. Damit lassen sie sich freier und angemessener auf die Gegenwart beziehen. Unsere Wirklichkeit besteht ja nicht allein aus handfesten Fakten und Realitäten (wie Klimawandel, Krieg und Flucht), sondern auch aus schwieriger zu fassenden Fiktionen, also aus Vorstellungen, Vorurteilen und inneren Bildern (wie Konsumwünschen, Verlustängsten und Zukunftsprognosen), die sich in Politik, Wirtschaft und Kultur unserer Gesellschaft äußern. Solche Fiktionen und Mythen sind meist wirkkräftiger als offenkundige Tatsachen. Denn sie prägen Entscheidungen und motivieren das Handeln. Unter diesem Aspekt funktionieren Märchen nicht einfach als ein nachahmenswertes oder abschreckendes Vorbild, sondern sie stellen Impulsgeber für Empathie, Reflexion und visionäres Denken dar. Sie bereichern das Leben mit ungeahnten Möglichkeitsbildern und fantastischen Ideen, um schwierige Lebenslagen gegebenenfalls unkonventionell zu bewältigen.

*

Erzählt wird auf der ganzen Welt, und auch Märchen gibt es überall. Die Märchen gleichen Kontinente verbindenden *Strömen* im Weltmeer des Erzählens mit all seinen mythischen Tiefen und sagenhaften Buchten, wo die einzelnen Märchen in Mischgewässer, rätselhafte Strudel und Driften geraten können. Denn Erzählungen bilden keine isolierten Phänomene, sondern stehen miteinander in Verbindung und Austausch. Märchen sind „welthaltig", aber ein einzelnes kann nicht die ganze Lebenswelt in sich tragen. Im Grunde ergänzt ein Märchen das andere, füllen sich Geschichten gegenseitig ihre Lücken. Immer wieder werden sie von modischen und zeitgeschichtlichen Ober und Unterströmungen begleitet, so zum Beispiel speziell die Märchen in der Postmoderne oft von Märchenparodien oder von populären Märchenzitaten im Cartoon. Die mündlich tradierten Erzählungen befinden sich ständig im Wandel, oszillieren jedoch, *umspielen* gewissermaßen, zugleich stabile, gattungstypische Ausdrucksformen.

Alle Erzählungen, und natürlich gerade auch Märchen, können unterschiedliche Funktionen im je spezifischen sozialen Leben der Völkerschaften übernehmen. So bestimmt etwa in Schwarzafrika die Dorfgemeinschaft unter dem Affenbrotbaum, dem mächtigen Baobab, die Erzählsituation, wo Kinder ganz selbstverständlich sich als Zuhörer einfinden, und allen Zuhörern eine bedeutsame Aufgabe zufällt als Antwortende oder Sänger oder Diskutanten jener Sprichwörter und Verhaltensregeln, die dort die meisten Märchen beschließen. Im Orient begegnet man dagegen öffentlichen Berufserzählern auf Straßen, Märkten oder in Kaffeehäusern; in Japan gibt es gar besondere „Erzählzünfte" und „Erzählhäuser". Die Zielrichtung des Erzählens ist häufig verschieden, ob nämlich – zum Beispiel bei den Eskimos – das Geschichtenerzählen der Kindererziehung oder der Unterweisung im rechten Lebenswandel dient, auch ob es das Einschlafen oder das Wachhalten befördern soll. Ähnlich bleibt die Ausprägung und Akzentuierung bestimmter Stoffe und Motive in den einzelnen Erzähltraditionen sowie deren Wandel in der jeweils spezifischen Entwicklungsgeschichte der verschiedenen Kulturkreise unterschiedlich.

Und dennoch gibt es – abgesehen von den mythischen, sagenhaften oder schwankartigen Tönungen in den Geschichten – so etwas wie einen „echt" märchenhaften Erzähltyp, mit fantastischen Elementen, mit zauberhaften Verwandlungen und staunenerregenden Wundertaten samt einer Weltsicht, wo Diesseitiges und Jenseitiges ganz selbstverständlich interagiert. Wie in einem Wachtraum wird unser Alltagsbewusstsein in den „gehobenen" Zustand einer eigentümlichen Glücksempfindung transportiert, die über die eigene Person hinaus in gemeinschaftliches Empfinden reicht. Wir erzählen uns Märchen nicht zuletzt auch darum, weil sie uns das Grundgefühl einer geistigen Verwandtschaft aller Menschen, die zu erzählen und zuzuhören verstehen, vermitteln. Fleißige und Faule, Kluge und Dumme, Listiges und Hinterlistiges, Mut und Verzweiflung, Angst und Tapferkeit finden wir überall; das Böse und das Gute sind universell, genauso wie Tölpelhaftigkeit, Weisheit und Humor.

*

Ein besonderes Geheimnis des Märchens liegt in seiner Erzählsituation. Es verwirklicht sich ganz im mündlichen Erzählvortrag und in der Unmittelbarkeit des Zuhörens. Die stimmliche, mimische und gestische Gestaltungskraft einer Erzählerin oder eines Erzählers geben dem Märchen eine zusätzliche Suggestivkraft, die die Imagination im Zuhörerkreis intensiv zu steigern vermag und das Märchenerlebnis vertieft. Der entscheidende Punkt ist hier das innere Miterleben jedes Einzelnen. Das ist die Rahmenbedingung der Glaubwürdigkeit und jener individuellen Wahrheit, die im Märchengeschehen verkörpert wird. Wie ausdrücklich oder wie gleichnishaft wir Figuren und Handlung auf das eigene Leben und unsere Umwelt beziehen, liegt in unserem eigenen Empfinden. Darum ist es auch zweitrangig, wie stark ein Märchentext eventuell im Überlieferungsprozess „verderbt" und wie gut er in stilistischer Hinsicht niedergeschrieben ist. Seine Wahrheit ist in tieferen Schichten verankert, und sie wird mit subjektiven Instrumenten gehoben: mit Einfühlungsvermögen, Vorstellungskraft und Vernunft. In dieser Dreiheit wird das Märchengeschehen für jeden Zuhörer individuell „wahrhaftig".

Warum denn sollten wir einem Märchen keinen Glauben schenken? Wir glauben doch auch an die Wissenschaft, die genauso wie das Märchen von Wörtern lebt, welche zu Begriffen abstrahiert werden, und von Bildern, die sich daraus ergeben. Beide, ein Märchen sowohl als auch ein Wissenschaftstext, sind Mustern verpflichtet, die tradiert und immer wieder zeitgemäß uminterpretiert werden. Was Märchen und Wissensproduktion unterscheidet, liegt weniger im kreativen Gestaltungsprozess als in der besonderen Art, wie sie rezipiert, innerlich aufgenommen werden: In der Wissenschaftssprache hören wir nämlich vor allem die Begriffe, in der Märchenerzählung dagegen „hören" wir Bilder. Beim Lesen und Studieren eines wissenschaftlichen Textes überwiegt in uns die „Wörtlichkeit", weil wir auf Präzision und Folgerichtigkeit achten, beim Lesen oder Zuhören eines Märchens jedoch überwiegt die Bildlichkeit, weil wir mit unserem von der eigenen Lebensgeschichte genährten inneren Auge eher „zusehen" anstatt nur zu „hören".

Die Literaturnobelpreisträgerin Olga Tokarczuk hat in unserer Gesellschaft der Gegenwart „die Tendenz zu einer das Denken begrenzenden Wörtlichkeit" als „ernsthafte Krankheit unserer Zeit" diagnostiziert. Es gibt zunehmend mehr Wörter, die (zum Beispiel ohne Gendersternchen) zum Tabu erklärt werden, weil sie angeblich Gefühle verletzen („Mohr") oder die Ehre oder die Würde (N-Wort, Z-Schnitzel). Das sei einer Wörtlichkeit geschuldet, meint die polnische Schriftstellerin, wohl gar einer strengen Wortgläubigkeit, deren erstes Symptom in der Unfähigkeit besteht, Metaphern zu verstehen, gefolgt vom Verlust des Sinns für Humor und Ironie, der Neigung zu harschen, voreiligen Urteilen und der Intoleranz gegenüber dem Uneindeutigen: „Die Wörtlichkeit versteht weder die Literatur noch die Kunst. (Sie) zerstört das Gespür für das Schöne und Sinnhafte, weshalb sie auch keine tiefgründige Vision der Welt hervorbringen kann." In dieser trostlosen Situation kann das „Wasser des Lebens" ein Heilmittel sein.

Die Zauberkraft des Märchens liegt in der Imagination, wenn wir – im anschaulichen Bild des Märchenforschers Walter Scherf – die Erzählhandlung auf unserer inneren Erlebnisbühne aufführen. Da erleben wir das mutige Mädchen oder den grausamen Herrscher, da bedroht uns der furchtbare Drache oder hilft uns ein barmherziges Tier. Aber wer nicht an Drachen glaubt, kann auch keine Naturgewalten als Drachen verstehen; wer nicht an heldenhafte Kinder glaubt, wird zur eigenen Tatkraft, Selbstlosigkeit oder Großherzigkeit keinen Kontakt gewinnen, und wer nicht an Wunder glaubt, nie das Glück einer Rettungsvision empfinden. Freilich schildert das Märchen auch brutale Taten, wie wir sie uns in Boulevardzeitungen und den Kriminalfilmen des Fernsehens serienweise begegnen, doch vermittelt es zugleich das unabweisbare Gefühl, dass die Gerechtigkeit am Ende siegen wird. Wer treuen Herzens ist, darf darauf vertrauen, dass Gleiches mit Gleichem belohnt wird und wahre Freundschaften sich in der Not bewähren. Es ist das tiefe Grundgefühl des Vertrauens, das das Märchen ausstrahlt, das es aber auch von Zuhörer und Leserin als Vorgabe verlangt, genauso wie wir im kritischen Gespräch ein Gleichgewicht der Zeitanteile erwarten dürfen und jeder Partner voraussetzen muss, dass sein Gegenüber um Verständigung bemüht ist und gar die besseren Argumente besitzen könnte. Märchen versichern uns eines skeptischen Weltvertrauens und mobilisieren Aktivität und Kreativität. In der Imagination verbinden sich die Märchenbilder mit unserem individuellen Erleben und auch mit unseren persönlichen Werten, die wir im Herzensgrunde leben und verwirklichen möchten.

Wer Märchen miterlebt, verändert seine Wahrnehmung der realen Welterfahrung. Ganz entsprechend der jugendlichen Theatergruppe Erich Kästners hebt zum Beispiel wenige Jahrzehnte später auch der Kinder- und Jugendbuchautor Willi Fährmann in einer Widmung die – wie der Kulturwissenschaftler Hermann Bausinger konstatiert – „falsche Trennung zwischen Phantasie und Alltag" auf. Als kluger Pädagoge wendet Fährmann die Perspektive mit einem Zauberstreich auf uns selbst, die Betrachter: „Kurzum: Wunder sind alltäglich", weiß er: „Was aber, zum Teufel, ist mit unseren Augen?"

Literaturhinweise: Hermann Bausinger: Märchen, Phantasie und Wirklichkeit. Frankfurt/M. 1987, S. 198; Jella Lepman: Die Kinderbuchbrücke. Neuaugabe München 2020, S.181; Max Lüthi: Das Volksmärchen als Dichtung. Ästhetik und Anthropologie. Göttingen 1990; Walter Scherf: Die Herausforderung des Dämons. Form und Funktion grausiger Kindermärchen. München u.a. 1987; Olga Tokarczuk: Das Land Metaxy. Deutsch von Lothar Quinkenstein. Erscheint in einem Band mit gesammelten Essays von O.T. in Zürich 2022; Kristin Wardetzky: Ankommen. Über die Lust an der narrativen Vermittlung von Sprache und Kultur. München 2019, S. 23.

Glossar

Samurai: adeliger Elitekämpfer, der hauptsächlich auf den Nahkampf spezialisiert war. Er war seinem Herrn und deren Familien treu bis zum Tod

Magueypflanze: *Maguey* ist die spanische Bezeichnung für Agaven

Pud: früheres russisches Gewicht (16,38 kg)

Dahomey: war ein westafrikanisches Königreich, an der Küste der Bucht von Benin. Das Königreich Dahomey wurde im 17. Jahrhundert gegründet und bestand bis Ende des 19. Jahrhunderts. 1975 wurde dieser Staat in Volksrepublik Benin umbenannt (seit 1990 Republik Benin)

Baobab: Afrikanischer Affenbrotbaum

Tung: Pflanzenöl aus dem Samen des Kapokbaums

Kapok: Frucht vom Kapokbaum auch Wollbaum genannt

Allah: Name Gottes in der islamischen Religion

Kumys: Getränk aus vergorener Stutenmilch

Bey: türkischer Herrschertitel

Llano-Ebene: eine weite Ebene im nördlichen Südamerika

Padischah: hoher Herrschertitel im Orient, vergleichbare dem Kaiser in Europa. Der Titel ist persischen Ursprungs und abgeleitet von den Begriffen pad (Meister) und Schah (König)

Pilaw: ein orientalisches Reisgericht

Iram: eine untergegangene Stadt, die im Koran und in orientalischer Überlieferung erwähnt wird

Isfahaner Säbel: Isfahan bzw. Esfahan ist die Hauptstadt der gleichnamigen Provinz im Iran. Bekannt seit dem späten Mittelalter für seine hochwertige Säbelherstellung

Creek: auch Muskogee genannt, ein indigenes Volk im Südosten Amerikas

Clan: eine durch verwandtschaftliche Beziehungen verbundene Gruppe

Khan: ist ein Herrschertitel, der vor allem von den altai-sprachigen, insbesondere mongolischen Reiternomaden Zentralasiens verwendet wurde

Mandarin: Zivilbeamter, der im Kaiserreich China in der Verwaltung des Staates tätig war
Robe: festlich-würdevolles Kleidungsstück

Tenga: war bis 1920 die Währung von Buchara (Usbekistan)

Kadi: Richter in islamischen Ländern

Basar: orientalischer Markt

Föhre: Kiefer

Quellen

1...Der Vogel des Glücks
Fassung Dirk Nowakowski
In: *Das Geschenk des Drachenkönigs. Märchen aus China.* **Hg: Josef Guter. Köln: Komet Verlag 2007.**

2...Der Herr der Winde
Fassung Kristin Wardetzky
In: *Die goldene Schale und andere Märchen der Völker der Sowjetunion.* **Moskau: Progress Verlag. 1962.**

3...Das Mädchen Tokoyo
Fassung Kristin Wardetzky
In: *Verzauberte Welten. Drachen.* **Amsterdam: Time Life Bücher 1985.**

4...Tepozton
In: *Lisa Tetzner: Die schönsten Märchen der Welt für 365 und einen Tag.* **Zürich: Büchergilde Gutenberg 1946-49.**

5...Der Junge, der Katzen malte
Fassung Gidon Horowitz
In: *Der Prinz, der das Froschmädchen heiratete.* **Hg.: Josef Guter. Wien: Paul Neff KG 1958.**

6...Die sieben blinden Königinnen
Fassung Kristin Wardetzky
In: *Latin American Folktales.* **Ed.: John Bierhorst. New York: Pantheon Books 2002.**

7...Erbse und der Drache
In: *Wie Iwan die Sonne suchte.* **Kiew: Verlag Dnipro 1989.**

8…Das merkwürdige Kind
Fassung Kristin Wardetzky
In: *Mein Märchen springt hin und her…* **Erzählungen aus Benin. Gesammelt und übersetzt von Mensah Wekenon Tokponto. Tübingen: Universitätsverlag 2008².**

9…Bruder und Schwester und der weise Alte
Fassung Dirk Nowakowski
In: *Der Vogel des Glücks. Chinesische Märchen.* **Hg. v. Dietrich Steinwege. Hanau: Verlag Dausien 1976 (5. Aufl.).**

10..Die Müllersöhne und der Drache Ashdacha
In: Märchen aus Dagestan. Berlin: Buchverlag Der Morgen 1986.

11..Momotaro
In: *Japanische Märchen und Sagen*. **Hg. v. David Brauns. Leipzig: Verlag von Wilhelm Friedrich 1885.**
Leicht gekürzt, orthografisch und stilistisch behutsam den neuen Duden-Regeln angepasst.

12..Kuri kuri kuluku
Fassung Soogi Kang/Kristin Wardetzky
In: *Neun saudische Geschichten, die Grundschüler unbedingt lesen sollten.* **Seoul/Südkorea, Hag-Eon Media 2012.**

13..Die Befreiung der Sonne
Fassung Dirk Nowakowski
In: *Das Buch aus reinem Silber.* **Hg.: Viktor Gazak. Düsseldorf: Marion von Schröder Verlag 1984.**

14. Der kleine Recke Nauscha
Fassung Kristin Wardetzky

In: Märchen aus Kasachstan. Übers.: Eliska Jélinóva. Mladé letá 1988, Hanau/Main: Verlag Werner Dausien 1988.

15..Kholomodumo und das Ungeheuer
Fassung Kristin Wardetzky
In: *Zauber und Wunder. Die Märchen der Welt.* **Hg.: Hans-Joachim Simm. Frankfurt/Main/Leipzig: Insel Verlag 2002.**

16..Der Bursche, der den Regengott besiegte
Fassung Kristin Wardetzky
In: Märchen aus Mexiko. Hg.: Felix Karlinger/Maria Antonia Espedanha. Reinbek b. Hamburg: rowohlt Verlag 1996.

17..Das mächtige Kind
Fassung Dirk Nowakowski
In: *Feuer im Dschungel. Erzählungen und Märchen aus Vietnam*. **Hg. u. Übers.: Wojciech Zukrowski. Berlin: Kinderbuchverlag o. J.**

18..Der Olivensee
Fassung Gidon Horowitz
In: *Gidon Horowitz: Das Märchenschiff. Märchen aus fernen Ländern.* **Freiburg i. B.: Herder Verlag 1993.**

19..König Lindwurm
In: *Nordische Volksmärchen.* **Hg.: Klara Stroebe. Jena: Verlag Eugen Diederichs 1915.**

20..Jelussek
In: *Der Wundergarten.* **Hg.: Karl Plenzat. Leipzig: Eichblatt Verlag 1930.**

21..Fitchers Vogel
In: *Kinder- und Hausmärchen der Brüder Grimm.* **Hg.: Heinz Rölleke. Stuttgart: Philipp Reclam jun. 1984.**

22..Das Katherle und die zwölf Räuber
In: *Der Senavogel und andere Kärtner Märchen*. **Hg.: Eleonore Zenker-Starzacher. Klagenfurt: Verlag Johannes Heyn 1975.**

23..Das Mädchen aus Adshan
Fassung Kristin Wardetzky
In: *Usbekische Volksmärchen*. **Übers.: Vera Nowak. Moskau: Progress Verlag 1981.**

24..Die Maismutter
Fassung Dirk Nowakowski
In: *Nordamerikanische Indianermärchen*. **Hg.: Gustav A. Konitzky. Düsseldorf/Köln: Diederichs Verlag 1963.**

25..Wie der arme Junge den Khan bezwang
Fassung Kristin Wardetzky
In: *Die goldene Kandare. Mongolische Märchen.* **Bratislava: Mlade leta Verlag 1982.**

26..Der kluge Knabe und die Büffelbullen
Fassung Dirk Nowakowski
In: *Der hundertknotige Bambus. Alte Volksüberlieferungen aus Vietnam.* **Leipzig: Reclam jun. 1987.**

27..Das linke Auge des Königs
Fassung Kristin Wardetzky
In: Märchen aus aller Welt. Hg.: Kyrill Haralampieff/Johanna Wolf. Düsseldorf: Verlag Eugen Diederichs 1971.

28..Die kluge Tochter
Fassung Dirk Nowakowski
In: *Usbekische Volksmärchen.* **Übers.: Vera Nowak. Moskau: Progress Verlag 1981**.

29..Der Khan mit den Eselsohren
Fassung Kristin Wardetzky
In: *Mongolische Märchen.* **Hg.: Bernhard Jülg. Innsbruck: Verlag der Wagnerschen Universitäts-Buchhandlung 1968.**

30..Beim Teufel in der Lehre
Fassung Dirk Nowakowski
In: *Finnische und Estnische Märchen.* **Hg.: August von Löwis of Menar. Jena: Verlag Eugen Diederichs 1922.**

31..Der Riese und sein Knecht
Fassung Kristin Wardetzky
In: *Lappländische Märchen, Volkssagen, Räthsel und Sprichwörter.* **Hg.: J. C. Poestion. Wien: Verlag von Carl Gerolds Sohn 1886.**

32..Der kleine Frick und die Geige
In: *P. Chr. Asbjörnsen und J. Moe: Sämtliche Volksmärchen und Erzählungen aus Norwegen.* **Übers.: Nanna Qvam. Bad Karlshafen: Verlag des Antiquariats Bernhard Schäfer 2003.**
Herausgegeben von der Europäischen Märchengesellschaft e.V. 2003. Bd. 1.

33..Mama Henne und ihre Küken
Fassung Dirk Nowakowski
In: *Chinesische Volkserzählungen.* **Übers: Ilse Rosenplenter. Frankfurt/Main: Insel Verlag 1981.**

34..Wie die Mongolen zu ihren Märchen kamen
In: *Solombo Chaan. Mongolische Märchen*. **Hg. u. Übers.: Waltraud Fischer. Berlin: Buchverlag Der Morgen 1989.**